世界上另一个我

苑子豪 × 苑子文 × leo
著　　　　　　绘

中国友谊出版公司

目录
CONTENTS

1 – 反正有哥哥移动 ATM 机 008
2 – 妈妈，你把我衣服洗坏了 010
3 – 叫外卖用自拍就可以了 012
4 – 我们来自拍吧 014
5 – 跟你一起吃不到饭 016

6 – 穿一下你的又不会怎样，哼！024
7 – 我才是哥哥 027
8 – 墨镜 030
9 – 童年 038
10 – 换位思考 041

11 – 双胞胎的好处 051
12 – 教务处 053
13 – 替考 056
14 – 买到票了 059
15 – 这么想吃下次自己吃！067

16 – 学长你今天好帅！ 070
17 – 我太伟大了 072
18 – 是时候找个对象了 074
19 – 大家都只喜欢哥哥吗？ 076
20 – 我是会照顾哥哥的好弟弟 078

21 – 探病 080
22 – 哥哥才是亲生的吧！ 082
23 – 起床 084
24 – 我比你高 093
25 – 还不是我让你的 095

26 – 哥，你已经被我拉黑了 097
27 – 自己做的草莓酸奶真好吃！ 099
28 – 余额 101
29 – 奇怪，怎么一点儿电都没充进去？ 103
30 – 给哥哥做早饭 113

31 - 打车 115

32 - 弟弟喂哥哥吃水果的真相 117

33 - 合照 119

34 - 抢红包 120

35 - 弟弟把哥哥扑倒了 122

36 - 兄弟俩到底谁比较高 133

37 - 哥哥有女朋友了，弟弟怎么办？ 136

38 - 钱包不见了 138

39 - 哥，我不舒服 140

40 - 哥，我不开心 150

41 - 宠物 153

42 - 一起洗澡做造型 154

43 - 腹黑哥哥超毒舌 156

44 - 口罩 158

45 - 帽子 160

46 - 弟弟的手机被没收了 167

47 - 这是我特意给你送来的水果 169

48 - 号个不停的弟弟 171

49 - 看恐怖片 173

50 - 这个女生喜欢哥哥吗 175

51 - 弟弟吃醋了 183
52 - 弟弟吃醋了2 185
53 - 弟弟最近总生气？187
54 - 被照顾是理所当然的 189
55 - 啊，好想吃冰 192

56 - 哥哥不理我了 194
57 - 我想喝你的饮料 196
58 - 找女朋友的话，一定先告诉你啦 198
59 - 别人家的哥哥 200
60 - 戴上我的帽子，没有我的气质 209

61 - 吃螃蟹 211
62 - 兄弟俩要明确分工 213
63 - 我哥哥可比女朋友重要多了 215
64 - 你是我的 216
65 - 三人去游乐园 218

66 - 哥哥要穿女装 221
67 - 你看这个帅哥，是不是很帅 227
68 - 我要结婚了，你可别后悔 228
69 - 明明是双胞胎…… 230
70 - 改签 232
71 - 你要相信我弟 234
72 - 让我来教你怎么调教哥哥吧 236

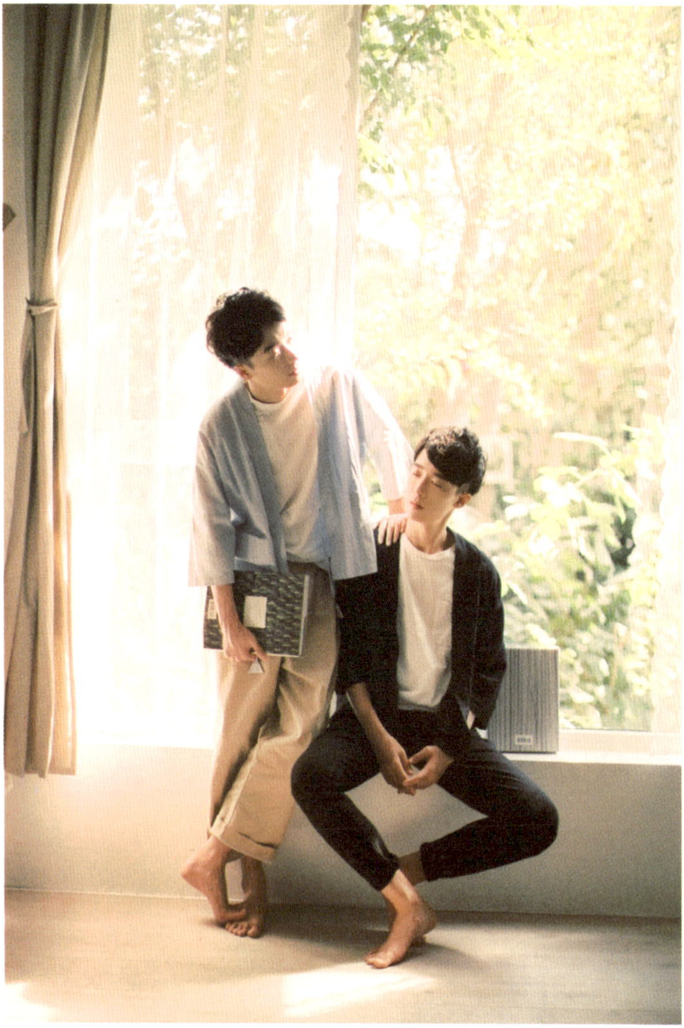

▶▷

这个世界上相似的事物太多,可跟我如此相似的,只有你一个。就好像跟你如此相似的,也只有我一个一样。你说:"这个世界上没有什么是永恒的,所以珍惜才是最大的真理。"我说:"几乎一模一样的你,就是我最大的真理。" 未来那么长,就这样勇敢、善良、坚定、认真地,一起走下去。

Yuan Ziwen

哥哥
苑子文

狮子座，1993年8月2日出生于河北廊坊市。2012年，考入北京大学社会学系。

爱好：对弟弟无限宠爱和包容

Yuan Zihao

弟弟
苑子豪

狮子座，1993年8月2日出生于河北廊坊市。2012年，考入北京大学国际关系学院。

爱好：挑战哥哥的宠爱极限

– 文 –

▶▷ 每天认真洗脸，多读书，按时睡觉，少食多餐。变得温柔、大度，继续善良，保持爱心。不在人前矫情、四处诉说以求宽慰，而是学会一个人静静面对，自己把道理想通。这样的你，单身也无所谓啊，你在那么虔诚地做更好的自己，一定会遇到最好的人，而那个人也一定值得你所有等待。

▶▷ 弟弟今天不开心，他说因为同学看到这张照片后表示："你哥的照片一看就是卖家图，你的也就算个买家秀！"同学，为你的机智点赞。

▶▷ 第一次打架是给弟弟出气。吃东西总习惯吃慢点，这样他吃不够我手里还有。一起上学、放学、并排写作业，然后考同一所大学，互相鼓励成为更好的自己。亲情是最珍贵的馈赠，有个二货陪着长大，真好。

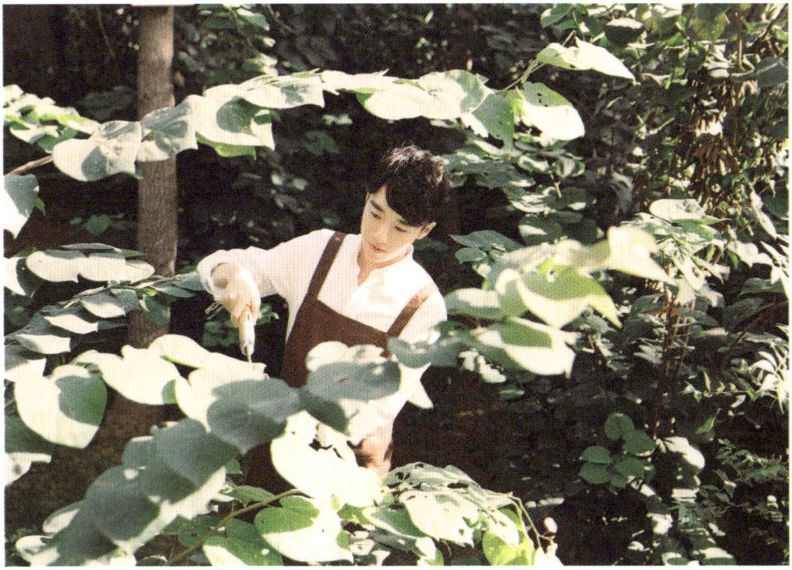

- 文 -

▶▷ 每次我弟都会偷着把他穿过的衣服落我宿舍，不经意间我就会帮他洗了。这次直接把穿过的T恤藏我包里，难道不会觉得自己太幼稚吗？

▶▷ 我弟说，哥，我给你拍张照。随便敷衍地按下快门后跟我说，相信我，仰拍四十五度角最好看。

YUAN ZI WEN

- 豪 -

▶▷ 昨晚我哥有事儿回趟北京，我送他。分别的时候，看着他的背影渐行渐远，我竟有些难过，因为我发现我忘记把家门钥匙给他了。

▶▷ 绝大多数人，在绝大多数时候，都只能靠自己。没什么背景，没遇到什么贵人，也没读上什么好学校，这些都没关系。关键是，你决心要走哪条路，想成为什么样的人，准备怎样对自己的懒惰下手。嗯，向前走，前面的路还很远，你可能会哭，但你一定不能停。

Y U A N　Z I　H A O

– 豪 –

▶▷　不讨好不想讨好的人，不成为不想成为的人，不喜欢的事情不去做，嗤之以鼻保持自我骄傲。动感情前小心翼翼，遇到爱的人却一万个宝贝。永远保持童心和勇气，不惧怕，不停歇，不回头留恋，不被这个复杂的世界所改变。在成为不想成为的大人之前，你一直要是个善良、勇敢的好宝宝。

▶▷　最近总会觉得不开心，觉得压力大。但其实仔细想一想，没有人每天都是开心的，遇到一些坎坷和磨砺，都是老天给我们的最好的历练。真正值得庆幸的不是以后遇不到困难的日子，而是遇到困难、阴霾时可以大方地面对，坦诚地接受，努力地化解。嗯，强大自己总比试图躲避有用得多。

Y U A N　Z I　H A O

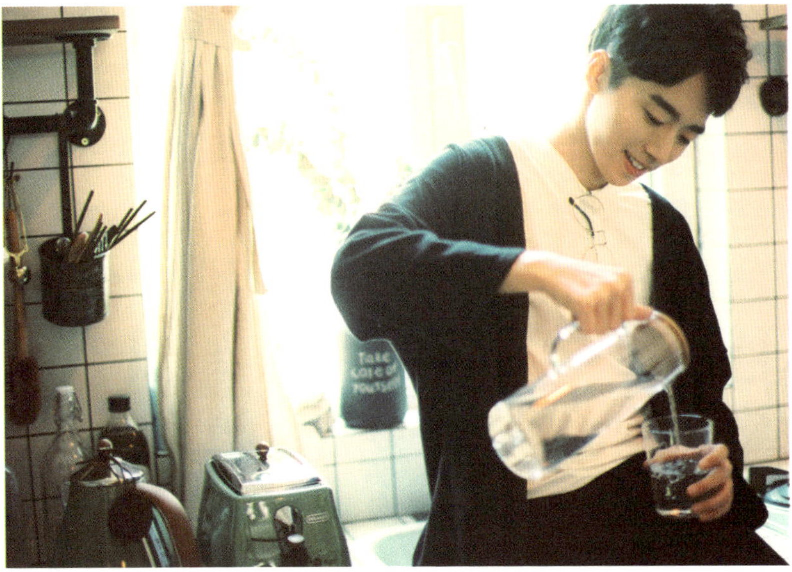

走走走！今天我请客啊！大家都别客气，随便点！
大飯店
欢迎光临！
里面请！！
我要一个……水煮鱼白灼虾宫保鸡
鱼香肉丝麻婆豆腐糖醋排骨酱肘
干煸牛肉红烧
手抓羊肉素
香芋扣肉
蒸肉拔
爽口牛
鼠鳜
白切羊
子鱼
梅菜扣
蒜香
菜单
百合腰果、清蒸鲈鱼、干锅牛肚、小炒肉、红烧苦瓜酿肉、干锅田鸡、铁板冰糖玉米羹、拔丝芋头……
喂……
我说……
吵吵
闹闹
我的蛋卷！

我说你啊……点了这么多菜,带了多少钱啊……够吗?

钱?我没带钱啊!

啥?

钱虽然没带,可我带了我哥!

……

ATM

② 妈妈，你把我衣服洗坏了

啊啊啊！

妈，你干吗大呼小叫的？

乱翘

刚起床超困

呜呜……

我把你哥的衣服洗坏了！他很喜欢这件的，呜呜呜……怎么办？QAQ

什么嘛……

怎么办？呜呜呜呜……

咦？

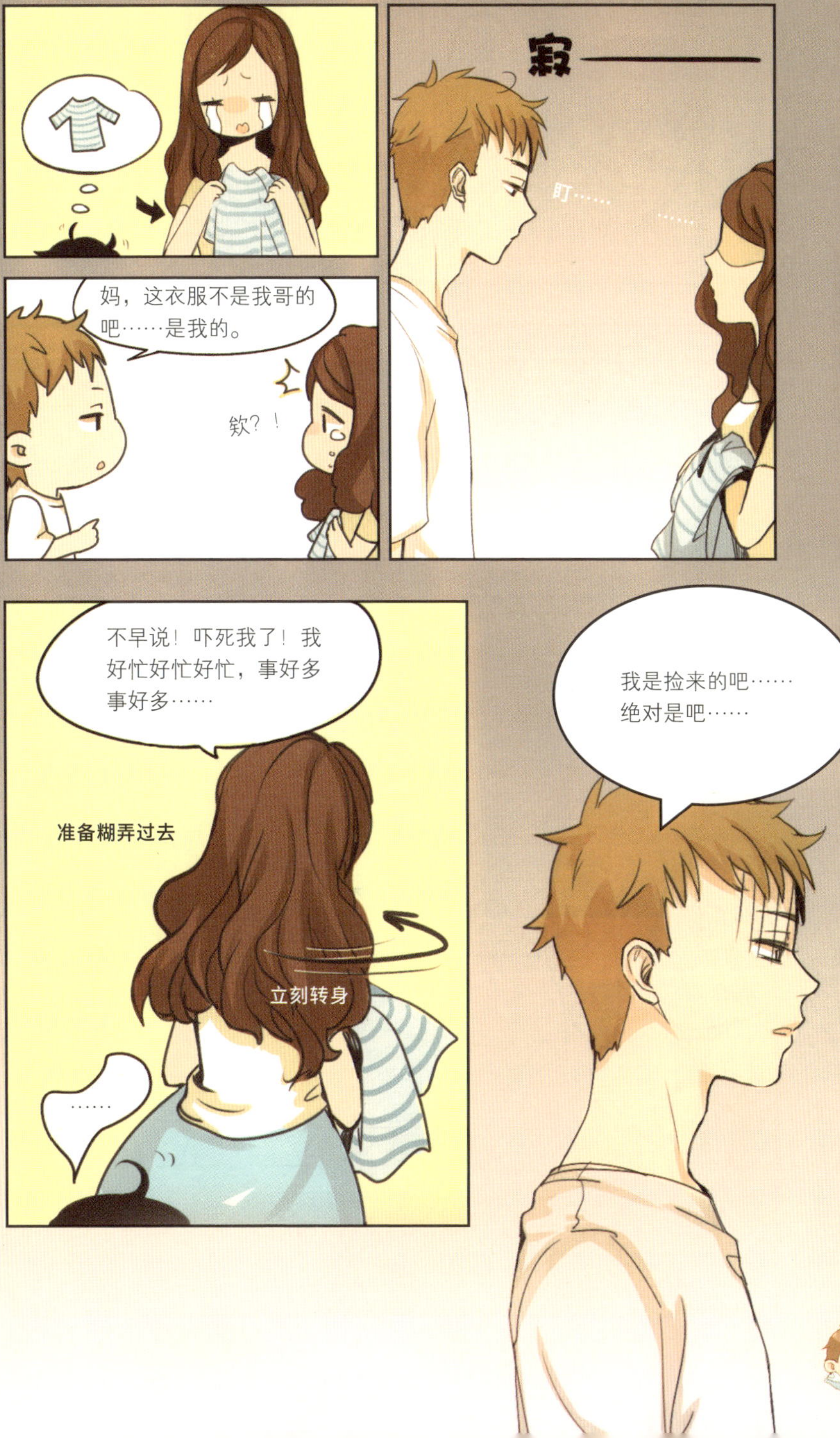

妈，这衣服不是我哥的吧……是我的。
欸？！
寂——
盯……
……
不早说！吓死我了！我好忙好忙好忙，事好多事好多……
准备糊弄过去
立刻转身
……
我是捡来的吧……绝对是吧……

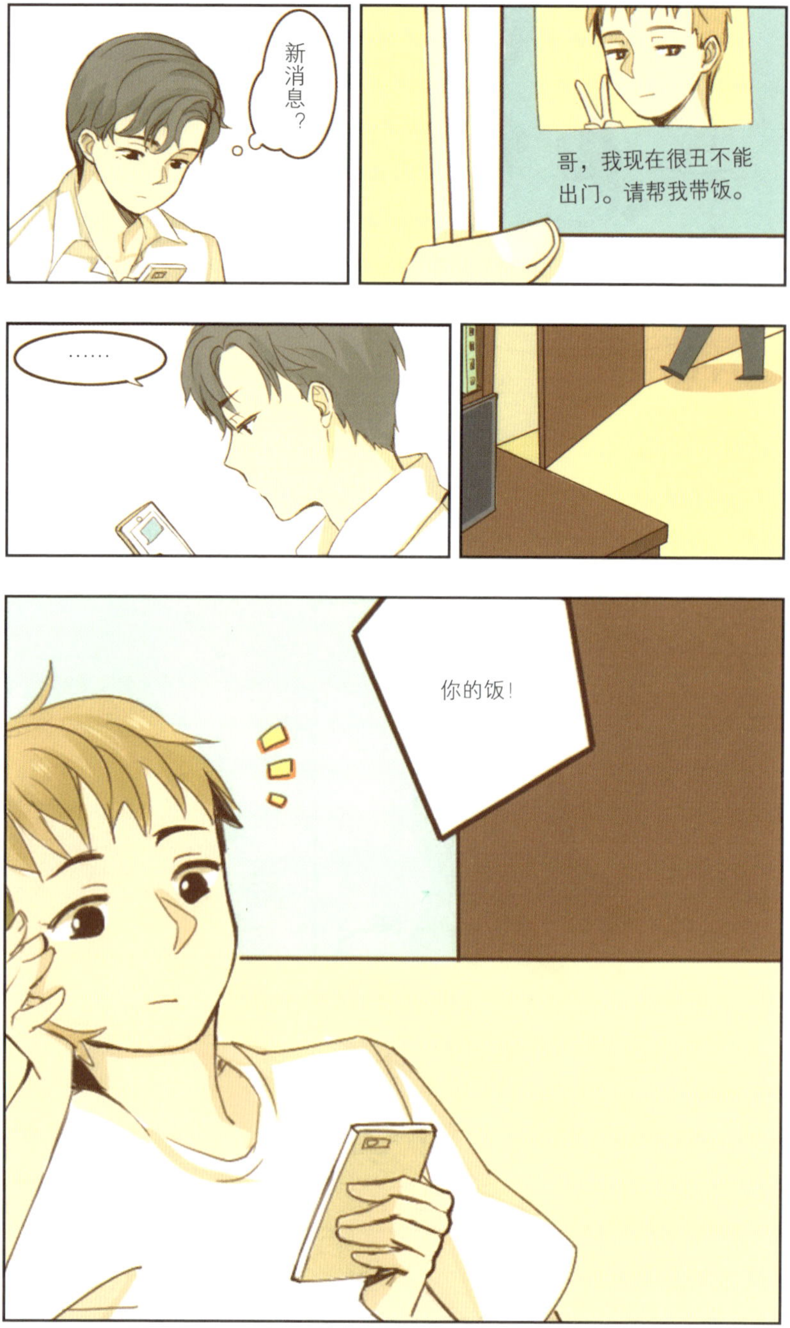
新消息？
哥，我现在很丑不能出门。请帮我带饭。
……
你的饭！

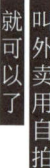

过了几天……
咕……噜……
发送
咔嚓
僵硬
过了一会儿……
收到回信……
我现在很丑不能出门，帮我带饭，谢谢。
哈哈哈哈哈哈哈哈哈哈哈哈哈哈哈！真的好丑！
哥
……

哥，我们来自拍吧！
忙着呢，你自己先拍吧。
电脑
哥哥有了工作就不理我了，就这么一个小小的请求也能不满足我了……
兄 ……
呜……
起身
……知道了，拍吧拍吧。

啊！
我看看……这个滤镜有点深，这个太浅了，这个滤镜显得脸好黑哦……这个这个，这个好看！
兴奋
兴奋
快，拍。
僵
转去
转来
好了没？可以拍了没……
咔嚓
拍好了！哥你看我这个角度是不是特帅！
弟
嗯——

好想吃火锅……
走，哥带你去。
可怜
好。
我带着你，你带着钱，你可一定要带着钱啊！我什么都没带！
饭店里
你点吧，要什么？
我要……这个这个……
还有……这个和这个和这个这个……
……
你还要什么吗？
……
嗯，算了，就这样吧。

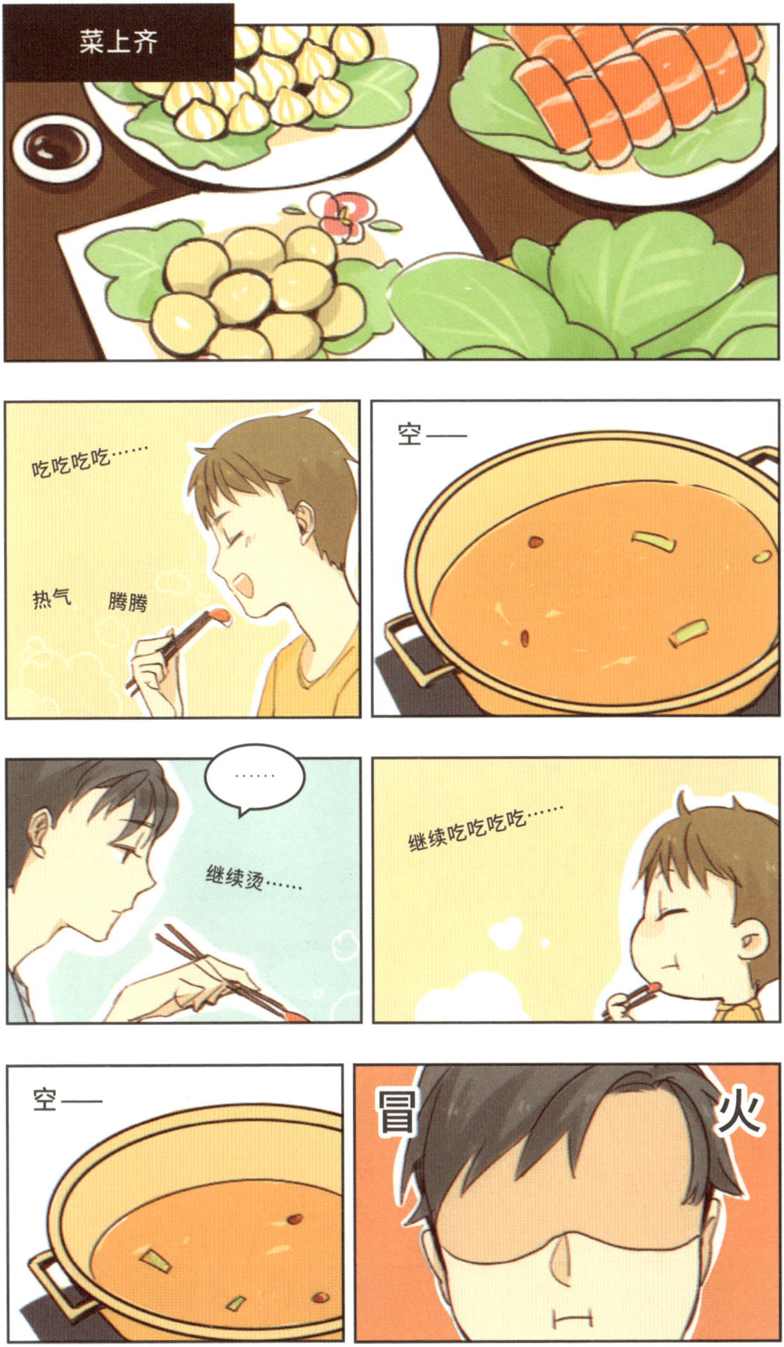
菜上齐
吃吃吃吃……
热气
腾腾
空——
……
继续烫……
继续吃吃吃吃……
空——
冒
火

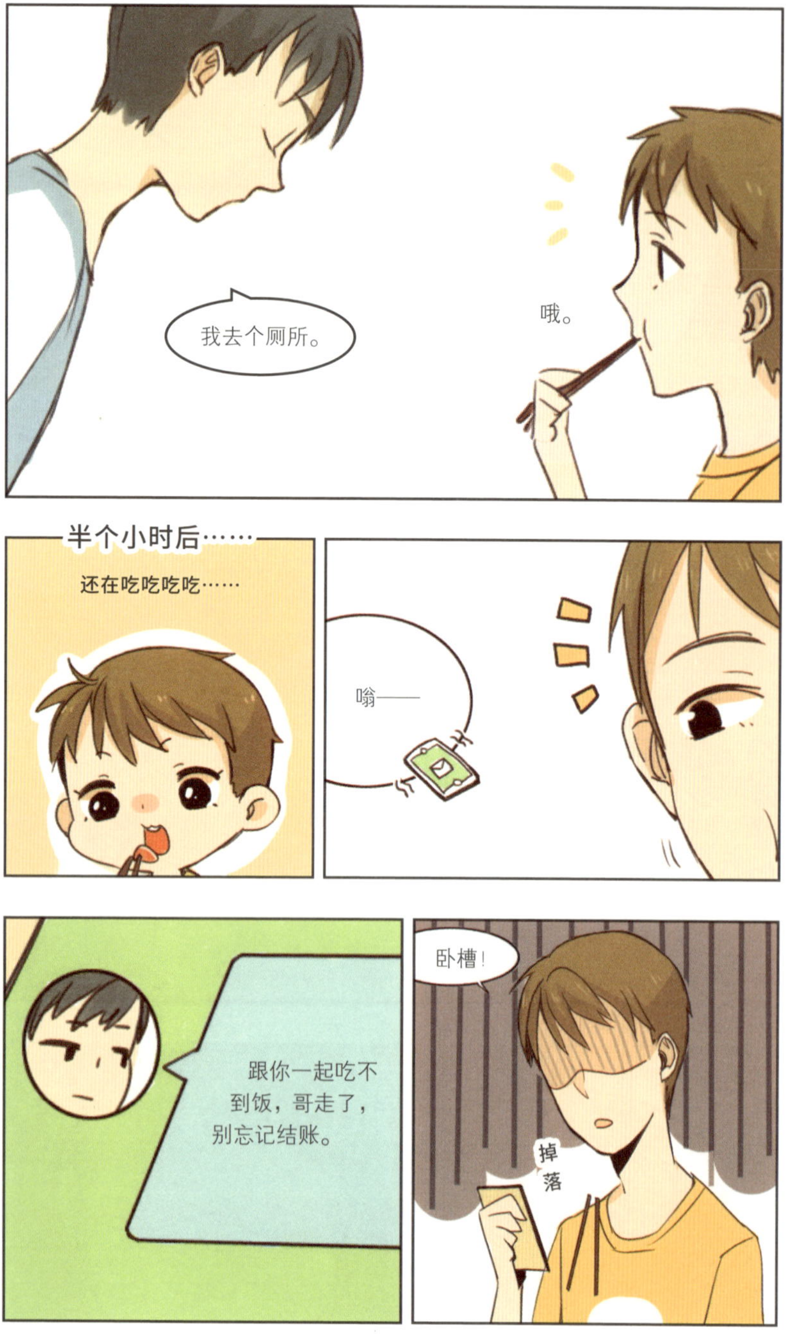
我去个厕所。
哦。
半个小时后……
还在吃吃吃吃……
嗡——
跟你一起吃不到饭，哥走了，别忘记结账。
卧槽！
掉落

一
苑子文
×
苑子豪

- 日常 -

▶▷　前几天，家弟发来一张自拍，说他现在很丑，不想出门，让我帮着买份饭送上去，我觉得很有道理就照做了。后来某天我也试了一下，果然，他只说了句："哈哈哈哈哈哈，确实好丑。"

▶▷　早上我妈喊我们做家务，我弟就跑我房间赖着不起，只能我去；我睡午觉时把我叫醒给他洗水果，吃完他就睡觉了；晚上家里没人，于是喊我做了晚饭。现在站我面前说："哥，我要开始每日练歌了，你点一首。"

▶▷　下午在沙漠骑摩托，我跟在弟弟后面一点点教他："转弯，给油，对，慢慢来。"这让我想起小时候学自行车，我也是帮他扶着把："用力蹬，对，稳住，哥要撒手了。"一转眼我们都长大了，往事历历在目，兄弟依然，但时间你慢一点儿。

YUAN ZI WEN

× 苑子文

苑　子　文　&　苑　子　豪　的　日　常

▶▷ 昨晚洗澡，我一直在大声、尽情地唱歌，把我哥吵得关上了浴室和卧室的门，塞上耳机防止我的噪声污染。于是，当我洗完了想起来忘在沙发上的浴巾时，瑟瑟发抖的我嘶吼了足足十分钟"帮我拿浴巾"，整个家回荡着我绝望的呐喊。嗯，以后再也不在家唱歌了。

▶▷ 今天早晨趁我哥还没醒，把他手机偷偷拿来，发现竟然换了密码！一气之下，我把他给踢醒了。

▶▷ 有人陪着长大真好，欢喜、烦恼都和你一起经历一遭。愿我们都能和最亲近的人走更多奇妙的旅程，吃更多苦，享更多乐。

▶▷ 在今后闪闪发亮的时候，你一定会想起那些浪费掉的日子和那些无能为力的不愉快，它们让你短暂停留，变得坚韧而强大。总有一天，你会感谢这些曾经对你而言糟糕的日子。因为漫漫长夜过后，黎明会把光亮和希望一并都带给你。嗯，挺过去，未来的我们都是光明的。

× 苑子豪

苑 子 文 & 苑 子 豪 的 日 常

清晨
啊啊啊——
哥，你快看！我是不是长个了？你看被子都短了！
乱
翘
怎么了？一大早一惊一乍的……
……
盯……
你把被子转九十度试试。
盖上
呃……
垂——

看看，这才叫长个儿！裤子都短了！

嘿嘿

整齐

穿戴

哥……

你穿的是我的裤子哦。

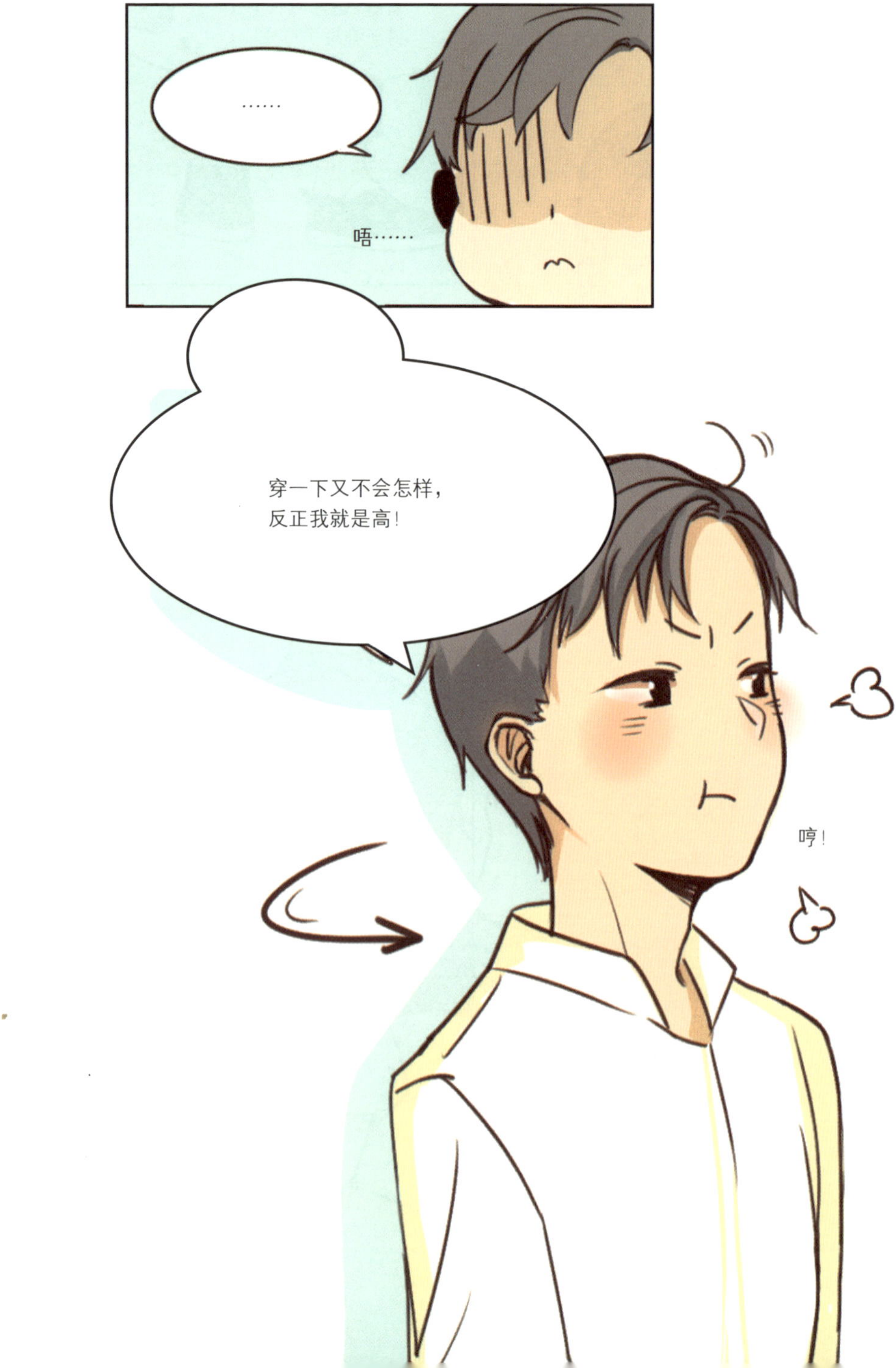
……
唔……
穿一下又不会怎样，
反正我就是高！
哼！

哥，书上说双胞胎中后出生的那个人胚胎形成得早，所以从科学角度来说，我应该是哥哥。
你以后要叫我哥哥，什么都要听我的！
哼！
少儿版
十万个为什么
哦。
思考……

好饿！好想吃 ×× 家的 ××，你去买吧。顺便带一份杧果冰。
可怜
可怜
咕噜
平常都是哥哥去买的。
为了哥哥的地位，我忍！
哼！
小文子，哥命令你把桌子上的垃圾收了！
嗝
自己去，你当弟弟什么时候干过活儿？
擦

……
忍
忍
忍
下午去逛街，哥的命令，不许说不！
……
收银台
收银台
您好，请问是现金还是刷卡。
大包
小包
你是哥哥，你结。
欸？！
还是你来做哥哥吧！ TTATT
僵硬

8

墨镜

好热啊哥……我快热死了啊啊啊……

刺眼

那我们先买个冰激凌凉快一会儿吧。

扇

那我要杧果和牛奶！西瓜和蓝莓的也要……

凉

前边好像有一个，我们去那儿看看。

有个吃的就不错啦。

好旧的样子……我想去看起来有空调的店……

唔……

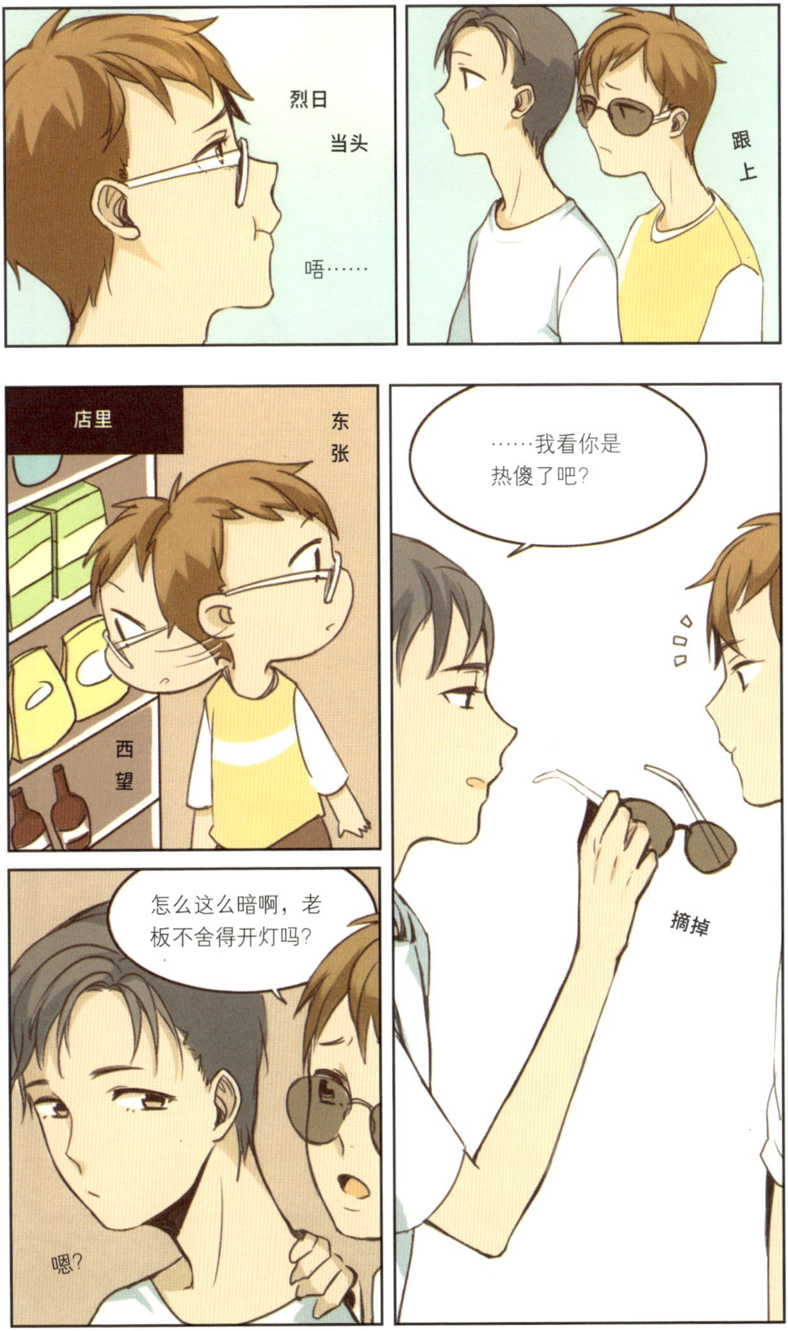
烈日
当头
唔……
跟上
店里
东张
西望
……我看你是热傻了吧？
摘掉
怎么这么暗啊，老板不舍得开灯吗？
嗯？

苑 子 文 ＆ 苑 子 豪 的 日 常

"

▶▷ 因为要处理事情，自己先飞回北京了，让弟弟在云南多玩一会儿。早上走的时候他还没醒，现在终于吃上晚饭。我妈说我就是操心命，但我知道给他开心无忧的生活，就是我最简单、最平凡，也是最想要的幸福。

▶▷ 剥好了虾问我："哥，吃吗？"这种当我已经上了一百次了，但还是每次都很幸福地说："哈哈，吃啊。"

▶▷ 下课接上我弟，去一家我不是很喜欢但他很爱的餐厅吃饭，突然觉得，他总有一天会遇见自己喜欢的人，去过属于自己的小日子。当哥的舍不得，现在能在一起的每一天，都更珍惜才是。

"

YUAN ZI WEN

032

文

苑子文＆苑子豪的日常

"

▶▷ 今天早上醒来,我大喊着说:"我靠!我是不是长个子了?连被子都不够盖了!"我哥说:"你把被子旋转九十度再试试。"

▶▷ 木棉会开花,星星会说话,汹涌的海水会爬上月亮的肩膀,黎明会穿透曙光,可是不爱你的人,终究不会爱你。你要承认,你要认。愿所有不爱的,都无法相爱;所有相爱的,都另有结果。在他(她)到来之前,记得好好爱自己。

▶▷ 吃饭的时候,长辈让我跟着喝酒,我一边笑嘻嘻地拼命挤酒窝,一边拼命给我哥使眼色,让他替我挡酒。谁知道他就是不往我这边看,气得我在桌子底下踢他。然后爷爷突然喊了一嗓子:"谁踢我呢?"

"

YUAN ZI HAO

豪

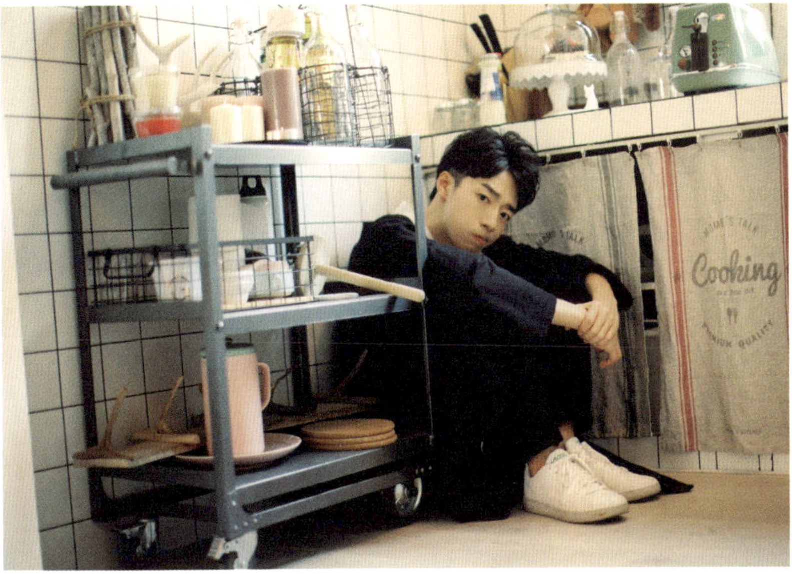

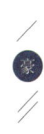

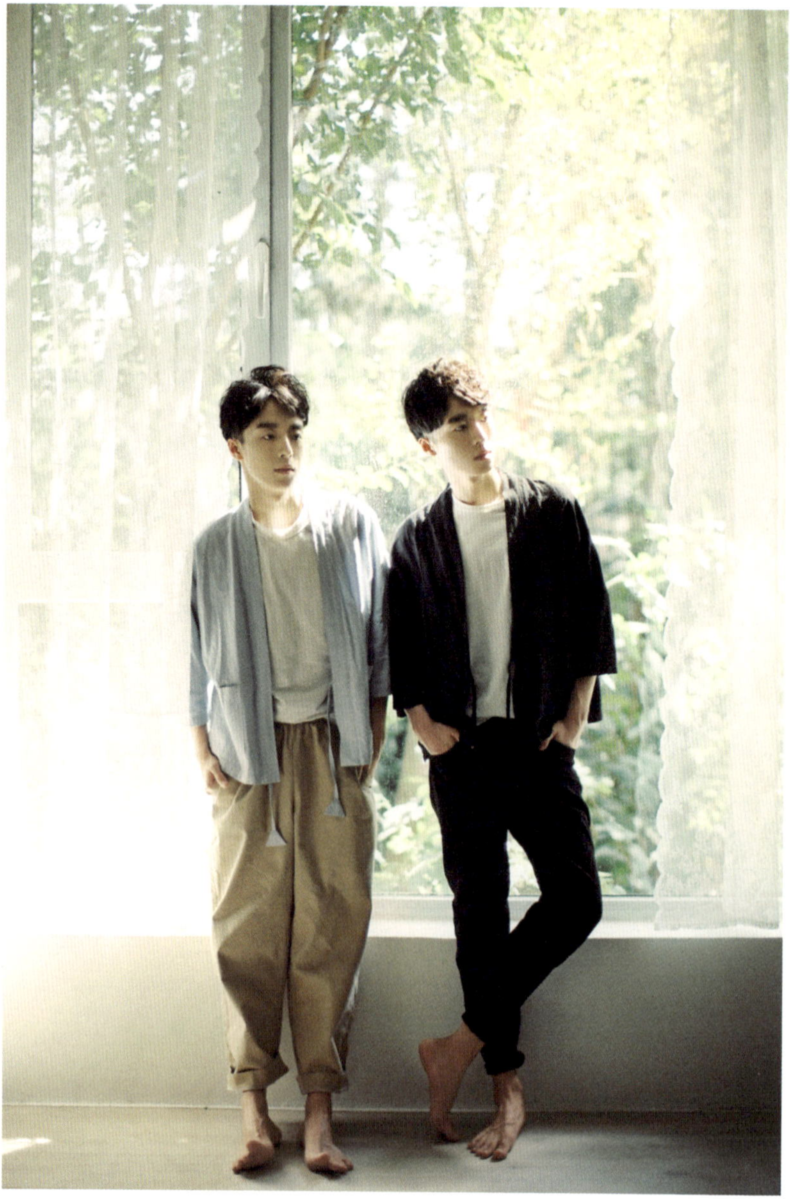

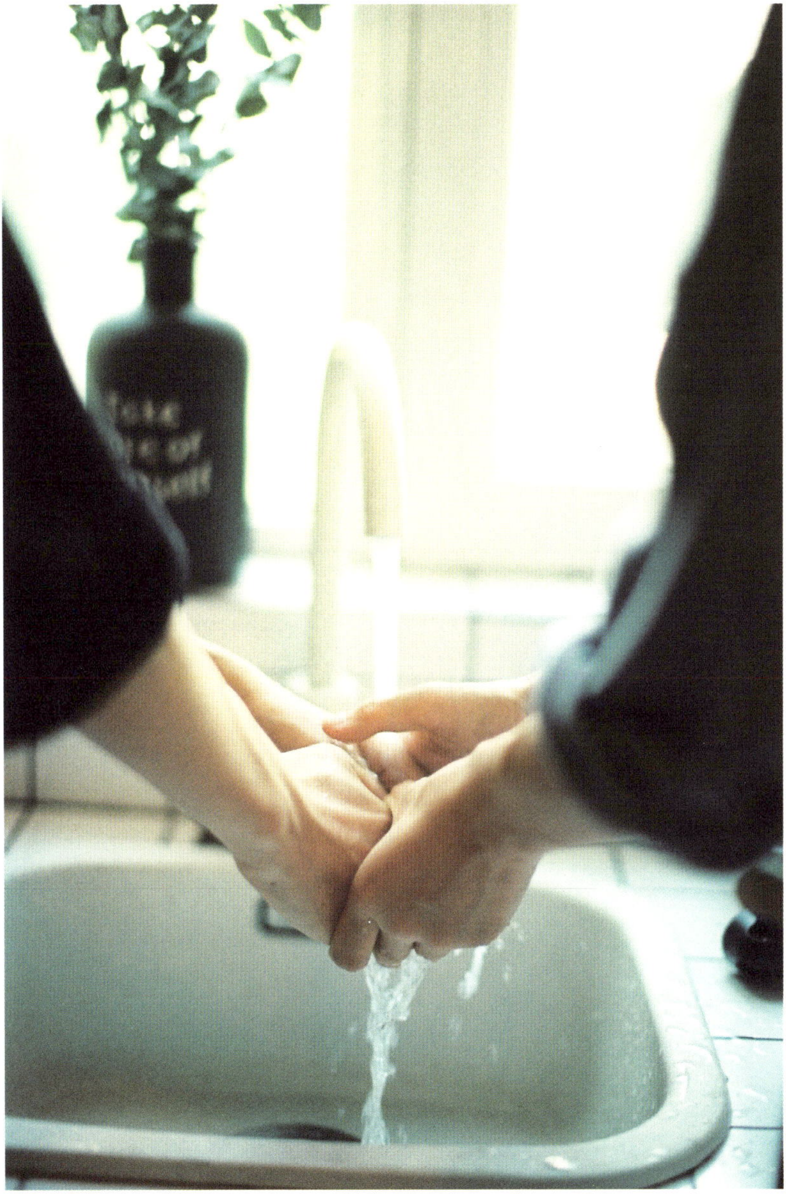

放学后
轰隆
小豪，妈妈今天要工作，所以不能来接我们了。
为什么……我要妈妈来接我！
呜……
行了，别闹了！要下雨了！
我不管我不管……我要妈妈！
你不走我自己走了！
哇——

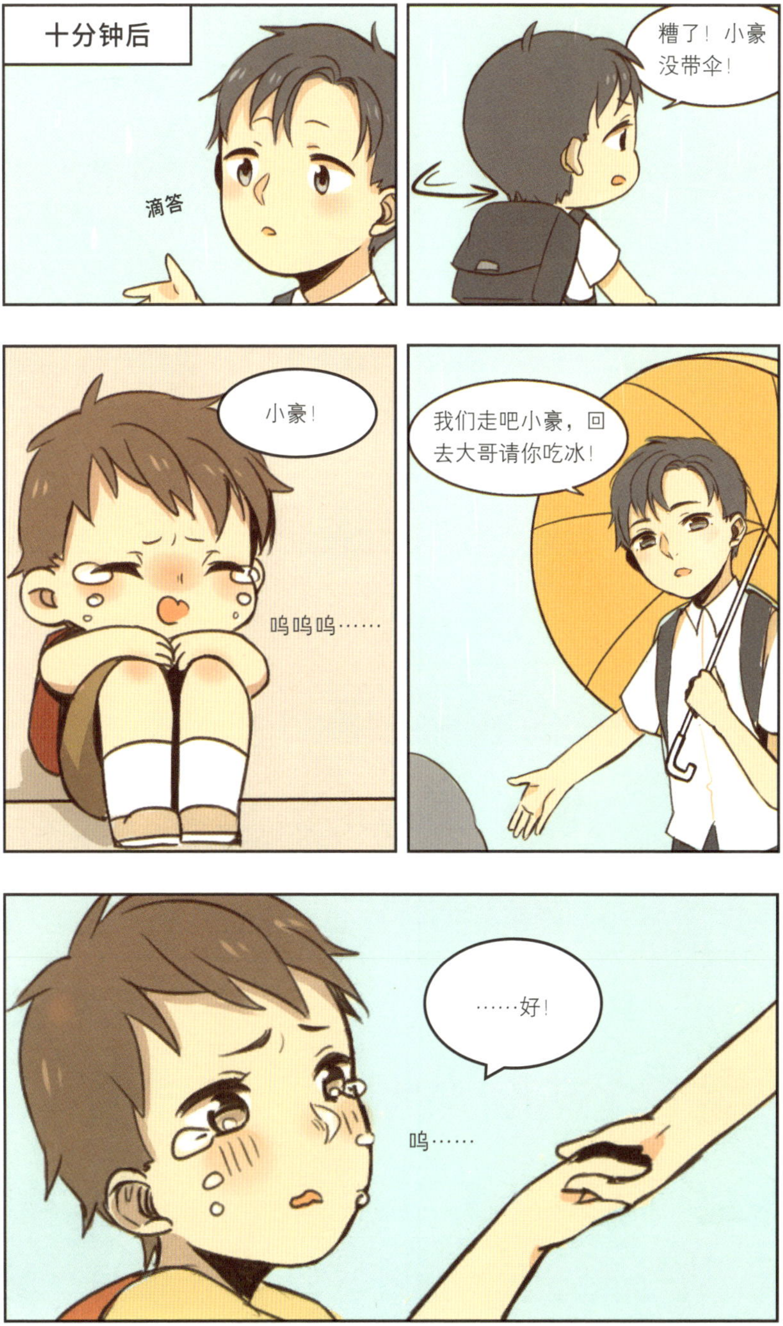
十分钟后
滴答
糟了！小豪没带伞！
小豪！
呜呜呜……
我们走吧小豪，回去大哥请你吃冰！
……好！
呜……

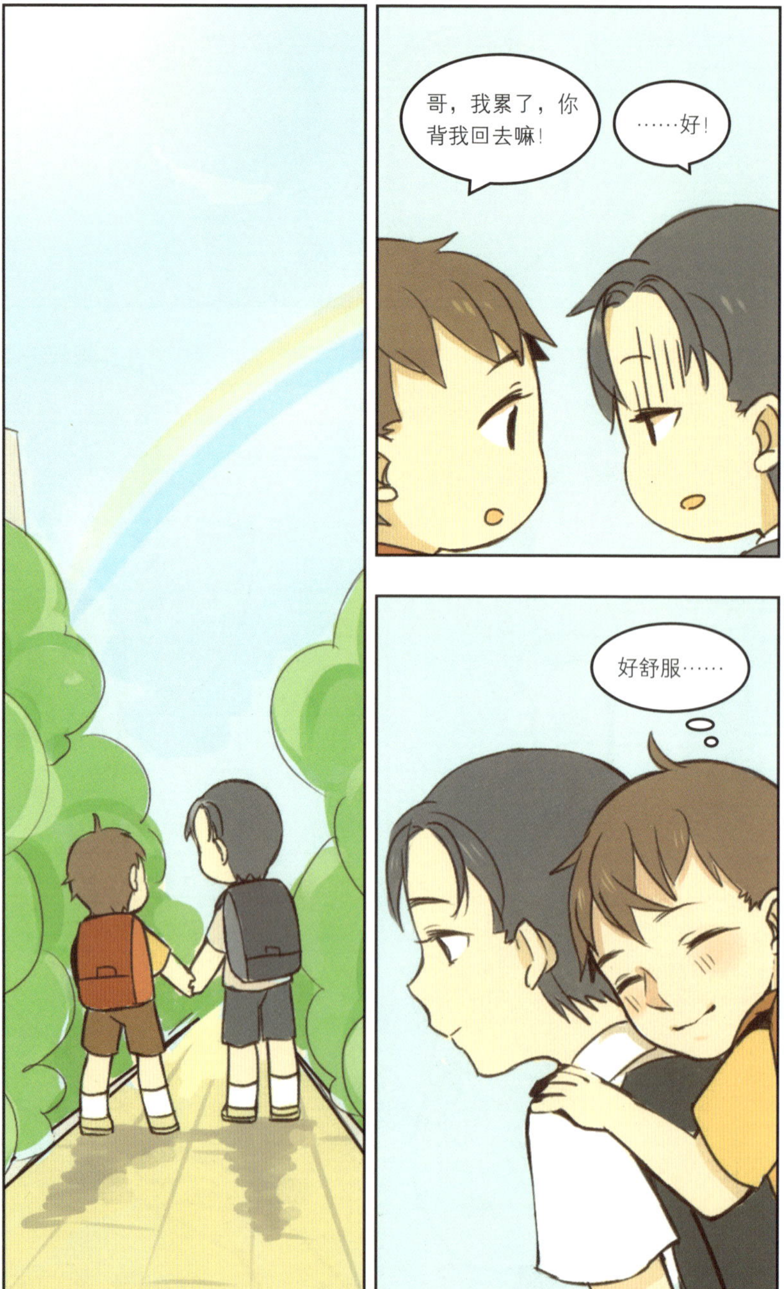
哥，我累了，你背我回去嘛！
……好！
好舒服……

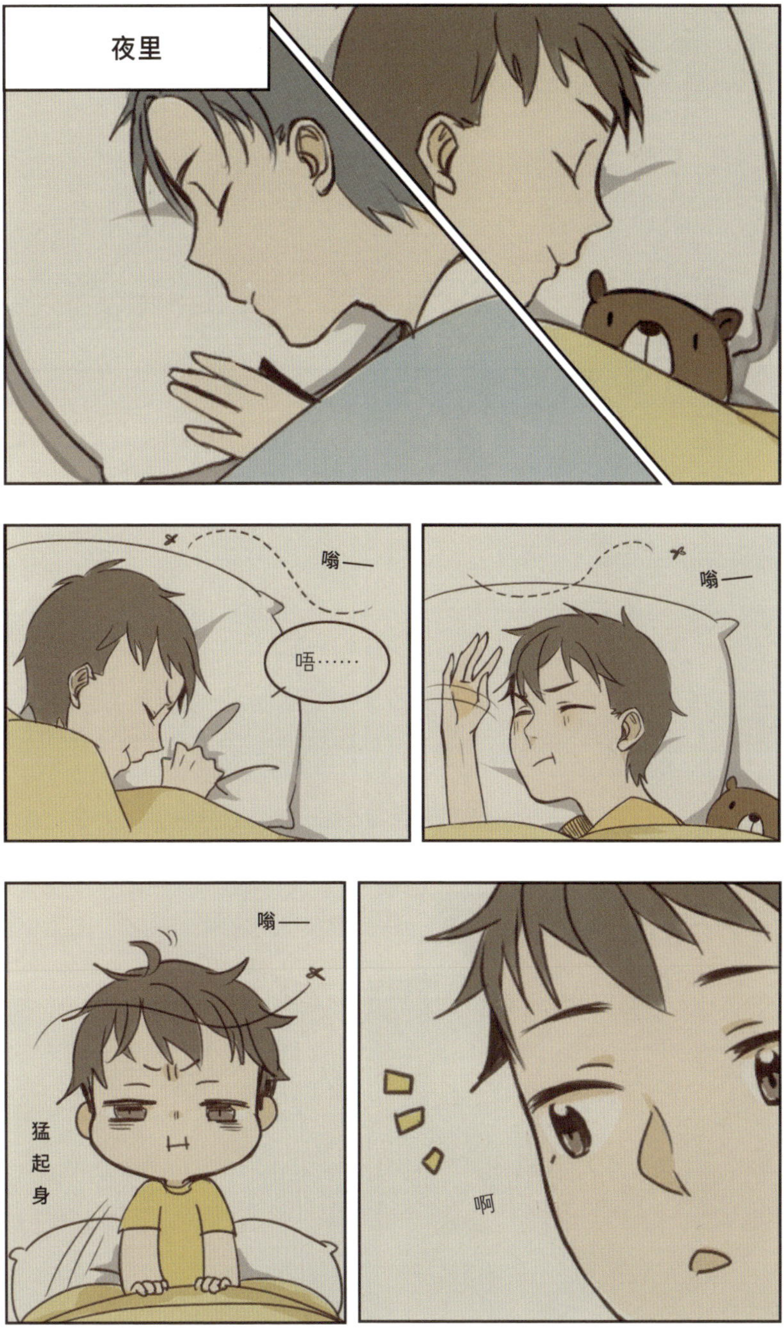
夜里
嗡——
唔……
嗡——
嗡——
猛起身
啊

安逸

嘿嘿

安稳睡去

第二天

苑子豪你这个浑蛋！

苑子豪

夜里被蚊子咬醒，懒得起来打蚊子。于是随手把哥哥的被子掀开一个角……

挠挠

YUAN ZI WEN

- 豪 -

▶▷ 夜里被蚊子咬醒,懒得起来打蚊子。于是随手把哥哥的被子掀开一个角,心里想着"有时候换一种思路,生活会更美好",然后就睡着了。

▶▷ 承受不了的就释放,接受不来的就拒绝,学会沉默,也学会一个人很认真地生活。不喜欢的人就远离,热爱的事情就拼命追逐,不去讨好不想讨好的人,不为他人而活。不要想方设法与整个世界相处,不要企图所有人都喜欢你,更不要相信你是铁打的,不怕委屈、不怕伤害。愿你不会安慰别人,愿你多心疼自己。

▶▷ 周遭总有抱怨的声音,身材太差所以嫁不出去、头脑太笨所以成绩不好、不爱谄媚所以没有朋友。其实只是你不知道,在我们一生中难免会遇到这样那样的困难,平常心最重要,想明白了就低头努力,也许努力的过程有些痛苦,时间有点长,但是要相信,那些你以为过不去的坎儿,早晚都会过去,我们要对时间有耐心。

苑 子 豪 & 苑 子 豪 的 日 常

- 文 -

▶▷ 到家楼下,小豪一直玩手机,走得很慢,我说快点,我要上去洗澡,他说回去先做饭啊知道吗?我小时候一直觉得自己长大了就是一家之主的。

▶▷ 子豪说:"干吗偷拍我?"我一副冷脸说:"没有啊,拍菜而已。"狮子男就是要面子,其实内心OS是,这世界,唯弟弟与美食不可辜负。

YUAN ZI WEN

-豪-

▶▷ 我哥点了芋头牛奶冰，结果打包回来冰都化了。他说吃不下去，于是我拿起我的画像放在他面前，说："你再试试看看。"

▶▷ 把体重留给爱的美食，把眼睛留给好风光，把等待留给一直寻觅的真心，把欢喜留给一次次突破障碍的勇敢，把拥抱留给永远不会离开的自己。那么多轰轰烈烈的狂想，都不如似水流长的独处。要记住，悦人再多，也别忘记悦己。

- 文 -

▶▷ 今天在想,反正也不谈恋爱,要不养只狗狗陪我吧。于是开始想时间安排、怎么养它、怎么陪它,如果我有事谁帮我照顾它,想到最后发现,养只宠物其实和养苑子豪的效果是一样的,那还是养他吧。

▶▷ 我总觉得,真正的爱情不只是让彼此感到快乐,而是一起成长。在爱里学会体谅,学会独立。不是完全依靠,不是完全独立,是能自己打理好自己,并给对方好的影响。

苑 子 文 ＆ 苑 子 豪 的 日 常

YUAN ZI WEN

叮咚
你们回来啦！
爸妈，告诉你们一个好消息！你们，今天被选为我们班家长会发言代表！
哦！
这是你跟哥哥在学校表现好的奖励吗？
开心
我们一直表现很好，不过这次是大家一起投票选的！
NONONO
那看来爸爸妈妈在你们班很受欢迎啊！哈哈哈！
嗯嗯，有眼光！

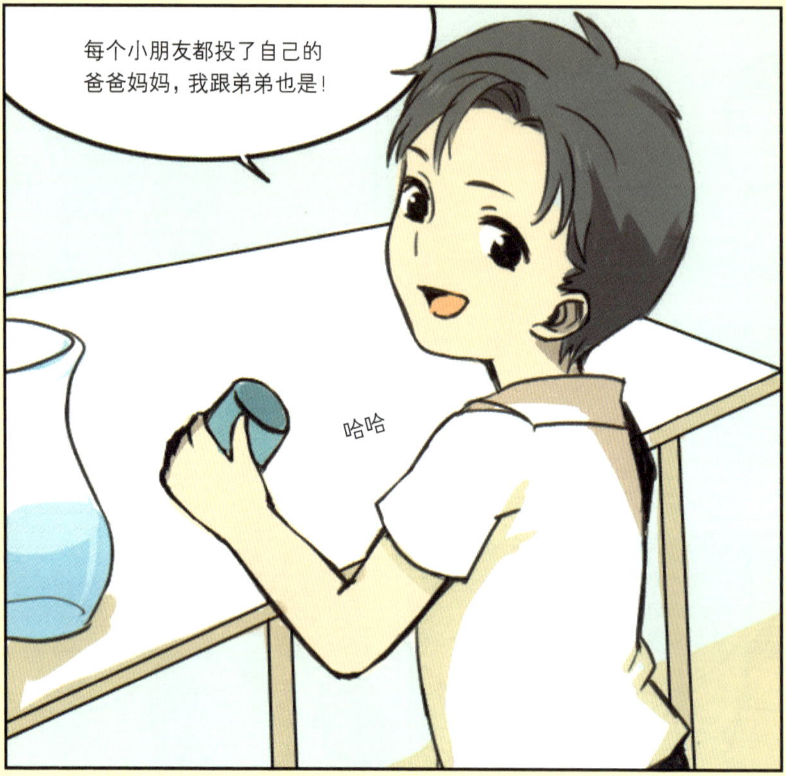
每个小朋友都投了自己的
爸爸妈妈，我跟弟弟也是！
哈哈

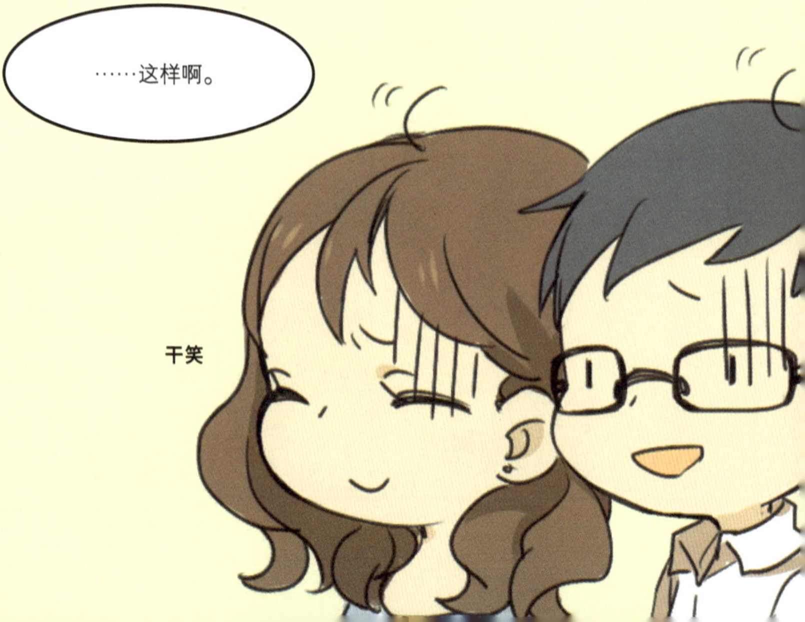
……这样啊。
干笑

呼……

苑子豪，你来说一下这一题的答案。

欸？！

吓？

……呃……C？

这题是填空题！下课来我办公室！

火大

唉……

哟，知道教务处在哪儿吗？

……不知道。
哦，那我先走了。
叹气
欸?
在三楼右边第二个办公室!
嗯。
办公室
敲敲
老师我是苑……
苑子豪是吧，你怎么能上课睡觉呢，知不知道现在是多么关键的时刻……
呃……老师我不……
尴尬

你不用解释什么，上课睡觉就是违反课堂纪律，何况马上就要期末考试了，你……

老师，我错了。我上课再也不睡觉了。

知道错了就好，你先回去吧。晚上早点睡，下次注意点。

办公室

苑子豪……

啊啊啊啊……
怎么啦你?
明天体测 1000 米啊！哥你帮我测嘛！！！
不要，明天还有事情。
他今天怎么这么好说话?
不帮就不帮，我可是有骨气的人!
哼!
??
夜里
哥哥
哥哥
鬼鬼祟祟
苑子豪
苑子文
嘻嘻

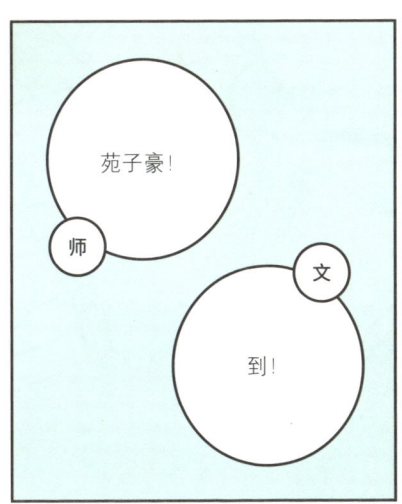

体测当天

哥,我拿错学生卡了,马上要测试了快帮我送来!

张望

嗡

哥,我突然觉得不舒服,你今天先帮我测试吧,明天我帮你!

第二天

苑子豪!

师

文

到!

嗡

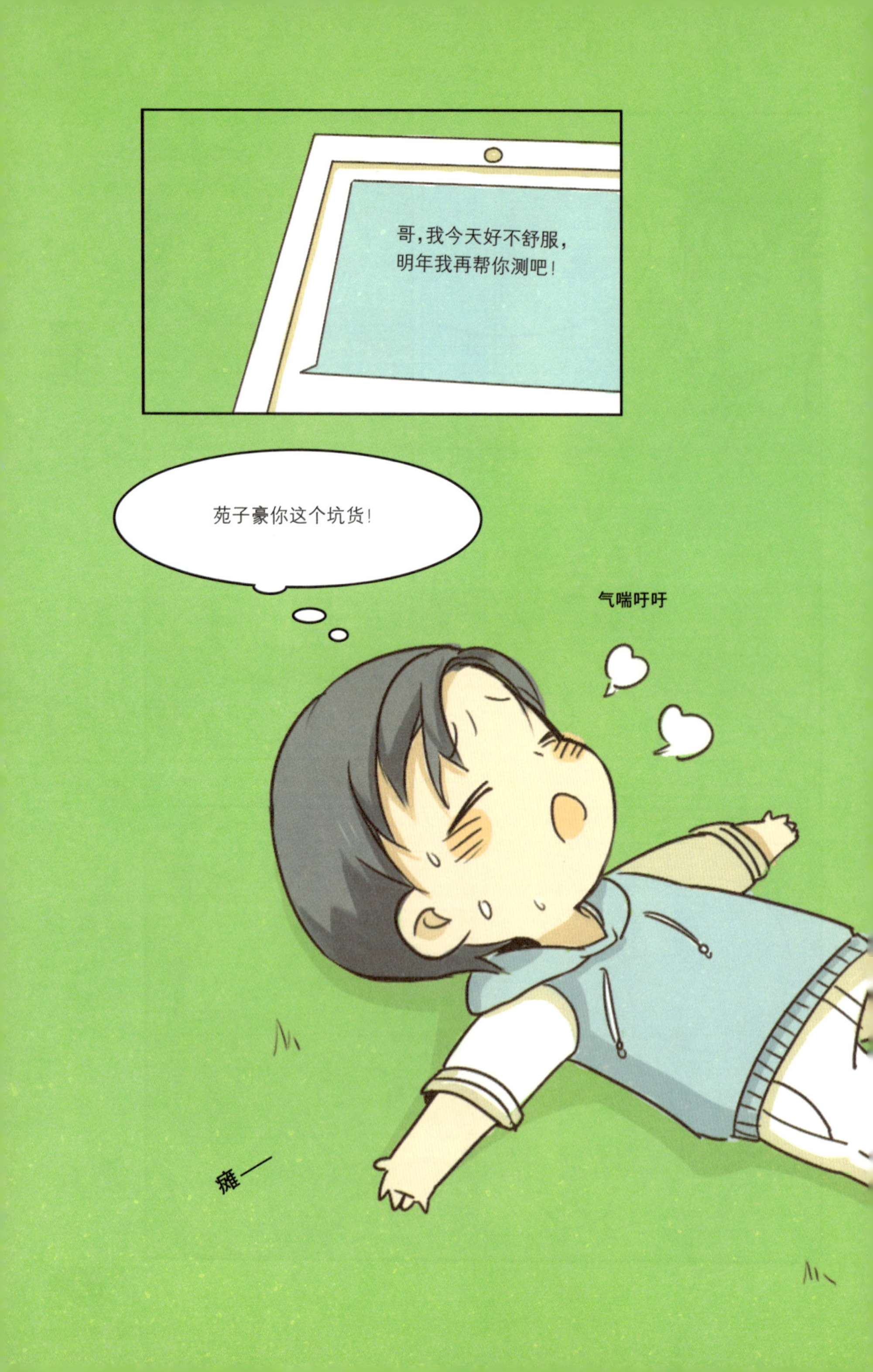
哥，我今天好不舒服，
明年我再帮你测吧！
苑子豪你这个坑货！
气喘吁吁
瘫——

你快点！不然又误车了！
好好好，哥你看这双鞋配一些还是这双……
10:30
车站
约好了今天下午两点太原见！要是因为你磨磨蹭蹭误了车，我打死你！
停止检票
……
……
呃……
您好，两张去太原的高铁票，越早越好！
不好意思，今天所有车次只剩一张票了。
天天让我操心！只有一张票了，你说怎么办？！
啊哈哈……
好办！交给我吧！
自信

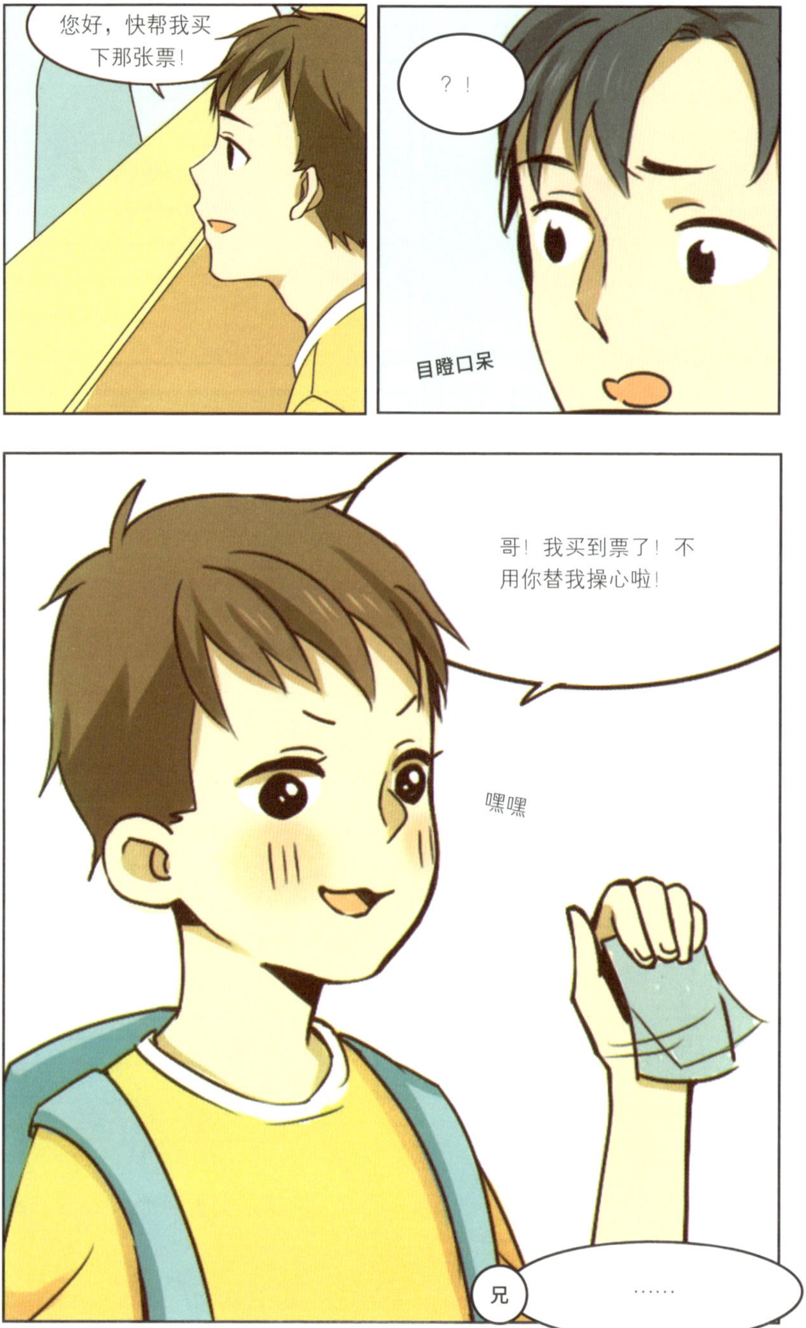
您好，快帮我买下那张票！
？！
目瞪口呆
哥！我买到票了！不用你替我操心啦！
嘿嘿
兄
……

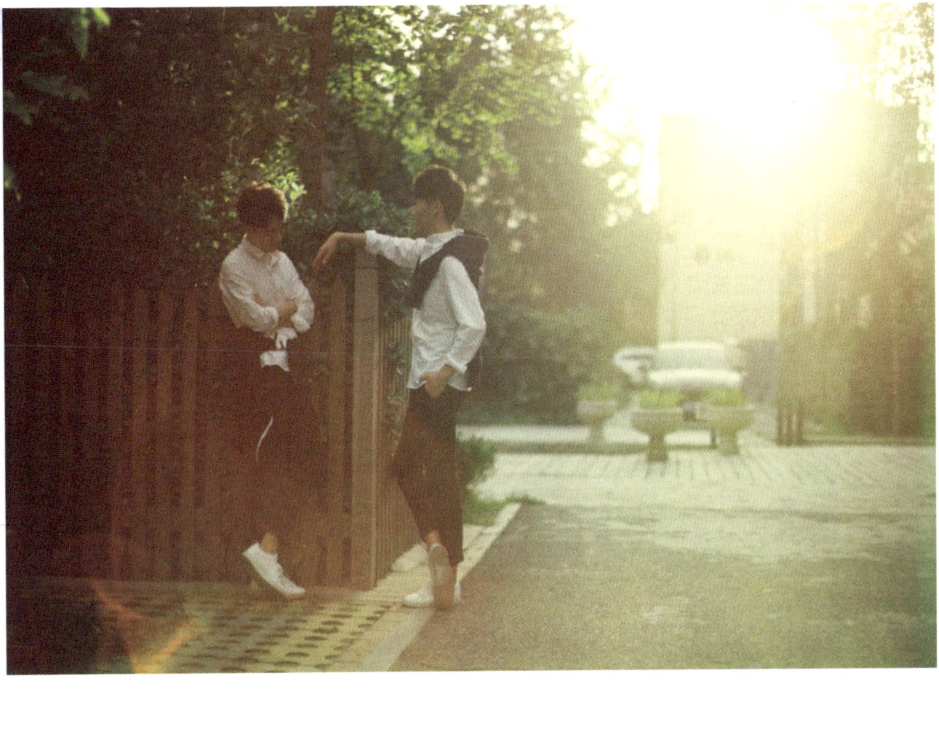

▶▷　被奖励一起吃饭就开心兮兮的，我妈说我就是天生挨欺负的命。

▶▷　醒了的时候，子豪还睡着，给他做了早饭，洗个澡发现时间来不及了，叼着切片就赶紧出门去工作室了。日子渺小重复，但都是幸福。

▶▷　又是因为苑子豪迟到，不得不改签车次。整个下午只有一张票了，找值班经理卖了个萌（惨），办好之后，把（一脸无辜的）小豪送进商务座休息室。现在我已经在候车大厅等了一小时，然而还是给他买了杯热蜂蜜茶，等着一起出发。爸妈既然把你带给我，就只想给你宠爱。

▶▷ 在水果摊买了六个苹果花了四十块钱，越走越觉得贵，于是我就走向了我哥宿舍。

▶▷ 想起来过年时爸妈都单独给我发了红包，可是我哥没给我发。正要跟他发脾气算账呢，忽然想起来，好像他的钱都在我这儿管……

▶▷ 没有人会关心你有多努力，撑得累不累，摔得痛不痛，甚至连你吃的苦、受的罪、扛的痛，都会无人问津。感觉很难时，告诉自己，再坚持一下。别让你配不上自己的野心，也别辜负了那么多不相信你的目光，你松一口气，他们就会笑出来。嗯，我才不会让你们看笑话。

YUAN ZI HAO

豪

苑 子 豪 & 苑 子 文 的 日 常

▶▷　最近在写稿，我哥看到好的文章喊我说："快看，这篇关于爱情的文章写得好棒啊，里面的话好浪漫，'总有一天，要你在我的户口本上'。" 我揉了揉眼睛，说："可你现在就在我户口本上。"

▶▷　我哥给我拍照焦距就没对准过，你们以后千万别找这种男朋友，要找就找我这种心胸宽广、不爱抱怨的。

▶▷　我现在想吃水果了，第一反应竟然不是下楼去买，而是发微信问我哥："在忙吗？"

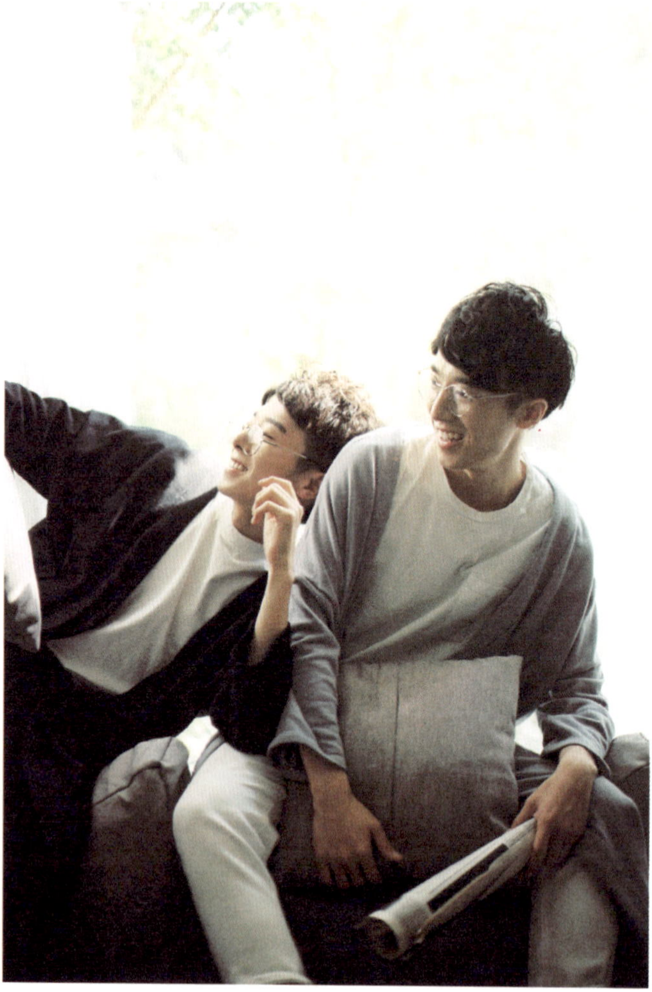

15

这么想吃
下次自己吃！

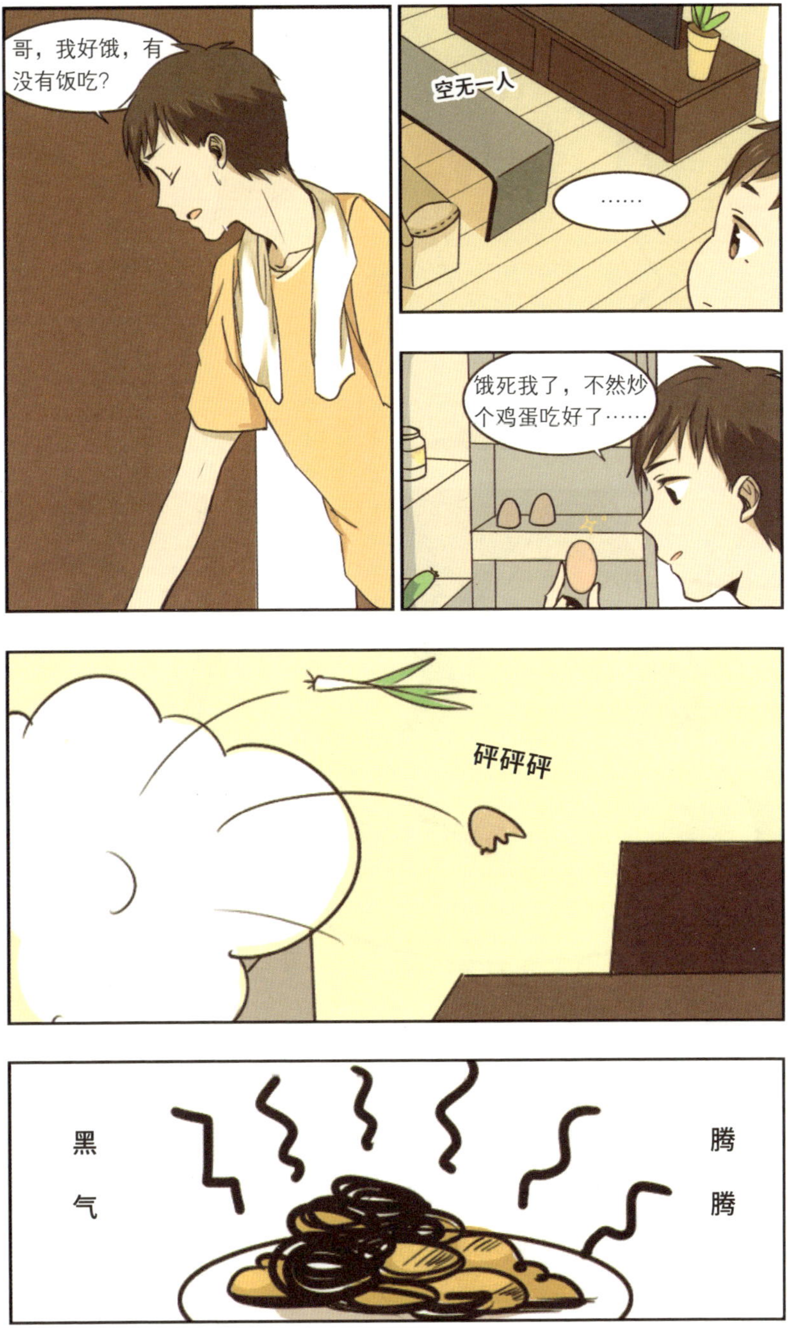

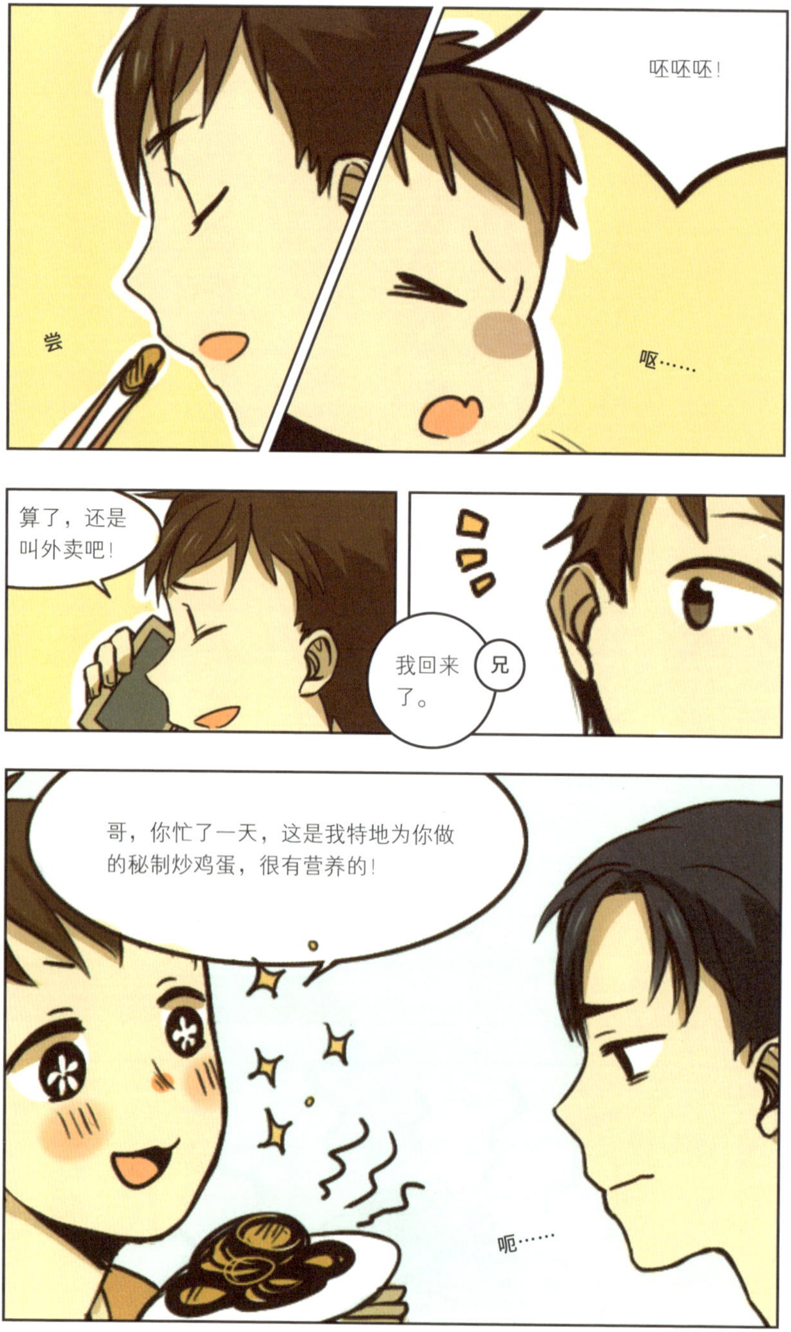
尝
呸呸呸！
呕……
算了，还是叫外卖吧！
我回来了。
兄
哥，你忙了一天，这是我特地为你做的秘制炒鸡蛋，很有营养的！
呃……

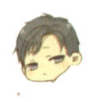

这是我第一次给你做饭，我忙了两个小时才做好的……
……这能吃吗？
可怜
可怜
你要不要一起吃？
不用不用，你吃好了！
您的外卖到了！
唉……
津津有味
……
让我吃这个，你居然自己点外卖！
唔？
气愤
我也想吃，可哥哥把饭都吃完了，我只能勉强吃外卖了！
天真无邪
这么想吃下次自己吃！
啧

教室
学长你来啦！今天好帅啊学长！
学长今天戴的围巾好好看！
挺有眼光嘛！
嘿嘿
学长，今天冷，喝点热的，别感冒了！
哈哈哈哈………看来我人缘还是不错的嘛！
学长早上还没吃饭吧，别饿着！
哈哈哈……谢谢你啊！

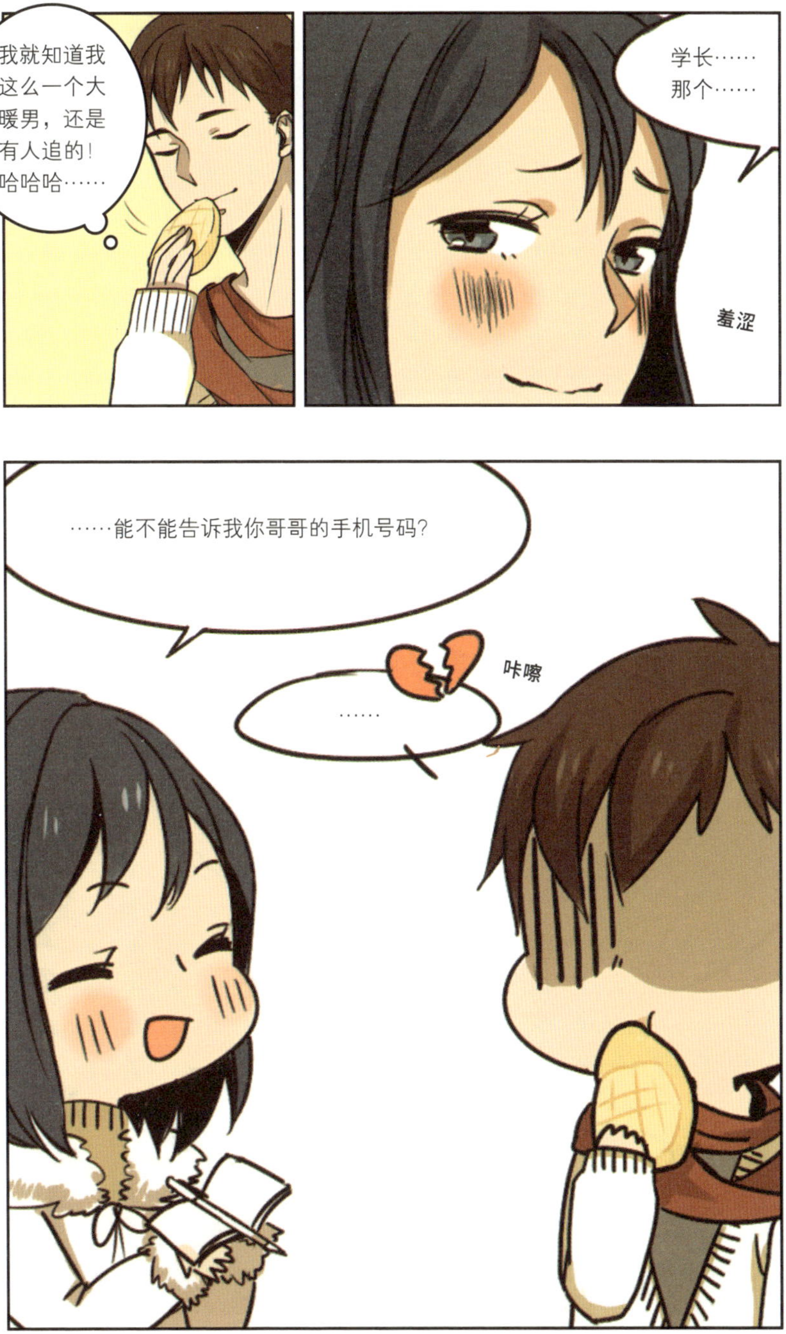
我就知道我这么一个大暖男，还是有人追的！哈哈哈……
学长……
那个……
羞涩
……能不能告诉我你哥哥的手机号码？
……
咔嚓

哥，我昨晚做了一个梦。
嗯，梦见什么了？
给你
我梦见上帝说可以满足我一个愿望！
嗯，然后呢？
我太伟大了！我拿出地球仪！说要世界和平！结果上帝说太难了，让我换一个！
……

所以你换成了什么?

擦擦

……

我掏出了你的照片!我说要你变帅一点,我觉得你现在太丑了,跟我走在一起,我觉得不好意思。

结果我变成了世界第一美少男吗?

呃……

唉……

没有,上帝沉思了许久说,拿地球仪给他再看看……

非〇勿扰
节目开始了！
咚咚嗒嗒
小二二，你要在大学最后时光赶紧找女朋友啊，你看现在谈个恋爱多难……
踌躇
担忧
不急，毕竟我帅。
听妈妈的，真的，年龄越大越难找。
唉……
妈，你别说我弟了。

对吧，妈，你得学学我哥，对我的颜值充满自信！

不是，我是说，妈，你别说他现在大四了，就是刚上大一也没有女孩能看上他。

呜……

19

大家都只喜欢哥哥吗？

暑假，接踵而至的应酬、活动、工作，哥哥因为身体吃不消生病了。

啊啊啊啊！哥……哥……39.5℃你发烧啦！

别激动，帮我拿退烧药过来吧，在房间里……

客厅

砰砰砰砰

哥，找不到退烧药怎么办？！

焦急

在房间的抽屉里……
呃……
哥你要多喝水……
啊……烫……
唔……
来，我帮你吹凉它！
苑子豪
有我这个中国好弟弟的照顾，哥，你的病一定会好得更快！
×××：哥哥好帅！睡王子><
××××：哥哥比弟弟帅！
我讨厌这个看颜值的世界！！
哼！
泡给哥哥的花茶

第二天哥哥病好了，人也精神了。
哥，你看我给你做了一个榴梿菠萝包！
面色红润
不行哦，病刚好只能吃清淡的哟！
嘻
一大早吃这么高热量的食物，小心长回 170 斤。
不会胖过你哒！

过了数日，哥俩称重。

65kg

69kg

哈哈哈哈哈！以后就不会被认错哥哥弟弟啦！

呜呜

小豪，这几天你怎么不吃肉啦？

咦？

妈……我减肥……

呜……

噗

哥哥生病发烧，但是坚持要去上学。
哥你别去啦，好好在家休息！
……可我不想把功课落下。
担忧
放心啦！我回来教给你。你就负责好好休息。
……好吧。
子豪，你哥呢？
我哥生病了，在家休息呢。
咦？
推不动？
？！

哇！这么多水果，我最喜欢的杧果、草莓、菠萝……简直太棒了！
是哪个女孩看我学习太累了吧……这字条是表达对我的仰慕的吧！
嗯嗯！
听说你生病了，给你买了些你喜欢的水果！好好休息，千万不要让弟弟吃掉了哦！
>w<
苑子文，你的东西！！！
哈啾

22

哥哥才是亲生的吧！

儿子，干吗呢？

妈，我发朋友圈呢。

你看，这张照片照得不错吧？

这张不行啦儿子，你看这张你哥多难看啊，换一张吧？

怎么可能，妈你相信我，我哥绝对认为他这张很好看！
算了吧，我觉得你哥这张特别难看，倒是你，穿着件蓝衣服，挺精神。
停顿——
妈，穿蓝衣服的那个是我哥……
扭头
盯
……儿子你想吃草莓吗？妈妈去洗！
起身
果然哥哥才是亲生的吧！！！

23

起床

呼……

苑子豪起床！
无反应
来，哥给你切了水果，起床吃吧？
迷迷
糊糊
别人家的哥哥都是做好水果酸奶才叫弟弟起床的，我的哥哥……唉……
嘤嘤
嘤嘤嘤
……知道了。
无奈

一会儿过后

哎呀!我的哥哥也就勉强吧,味道一般啊!

吃饱了起床吧,今天上午我们……

嗝 吃饱喝足

倒头就睡

苑子豪!!!

抓狂

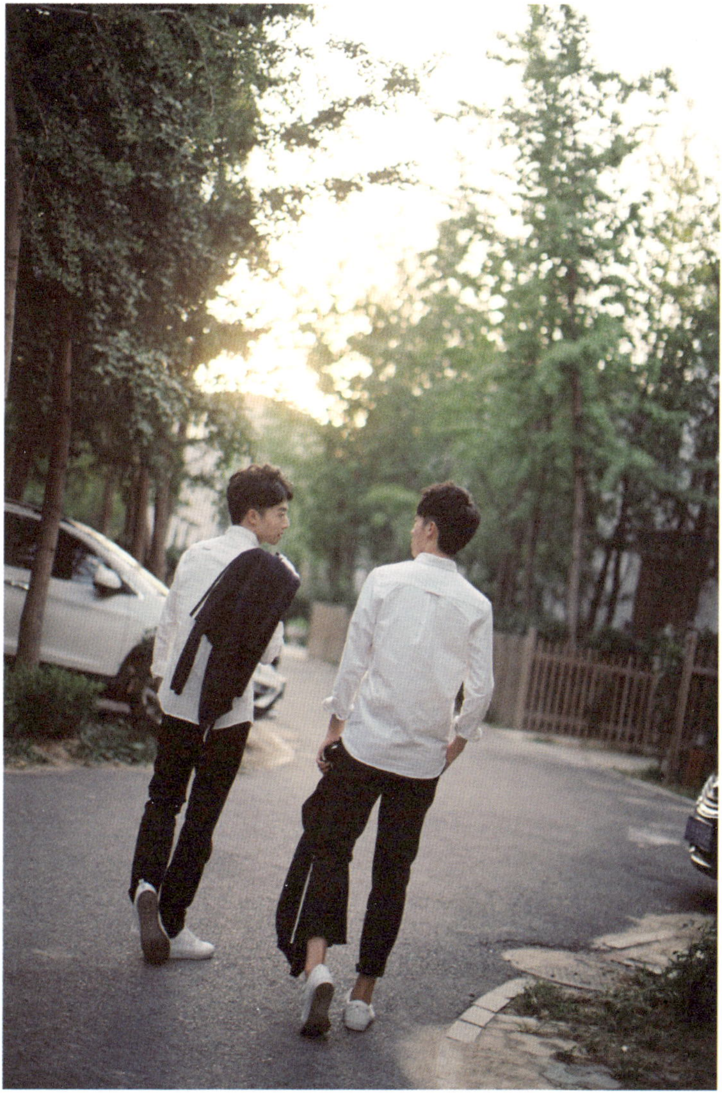

▶▷ 我们遇见的很多人，都是有期限的，只是对于不同的人，时间有长有短罢了。那些隐匿的情绪、难言的苦衷和想分享的快乐，真的只有自己最懂。有些人，过了就干净利落地翻篇吧，又不是没有下一个，你无须觉得孤独或软弱，自己才是自己最好的朋友。

▶▷ 银行卡补回来了，他一路跟着我后面说，哥你今天身上好香好香。

▶▷ 小豪："哥，我马上出去了，快来提行李。"我："这么快？好，哥马上就到。"三十分钟都过去了，他还没出来……你们说，怎么打？

▶▷ 在异国他乡的街头变回小孩子。想起以前吃冰激凌，总让弟弟先挑想吃的，然后他吃了又会觉得我的好，就又换我的吃，每次让给他都觉得特骄傲，现在觉得好幼稚，哈哈。

× 苑子文

苑子文 & 苑子豪的日常

▶▷ 我知道你也活得很累，委屈多过心里话，遭受冷眼不相信。面前都是穿不过的墙，不过，虽然头破血流，但仍活着在战斗。这么多年，一直咬牙不放弃的你，真是辛苦了。

▶▷ 我哥洗好了橙子、西柚、黑加仑、蓝莓，说下午榨成汁一起喝，我睡醒起来，智商不在线，全给吃了！细思极恐，于是在翻冰箱没找到水果的前提下，给他做了一杯黄瓜胡萝卜西红柿汁，并且看着他喝了下去。

▶▷ 生病了就吃药，寂寞了就睡觉，不要总发无关痛痒的朋友圈，没那么多人想看你这样或那样的状态。因为即使看了也未必问候，所以干脆收起自己软弱、矫情的一面，反正也没人会在乎。嗯，挺过去，我们的未来都是光明的。

×   苑子豪

苑 子 文 & 苑 子 豪 的 日 常

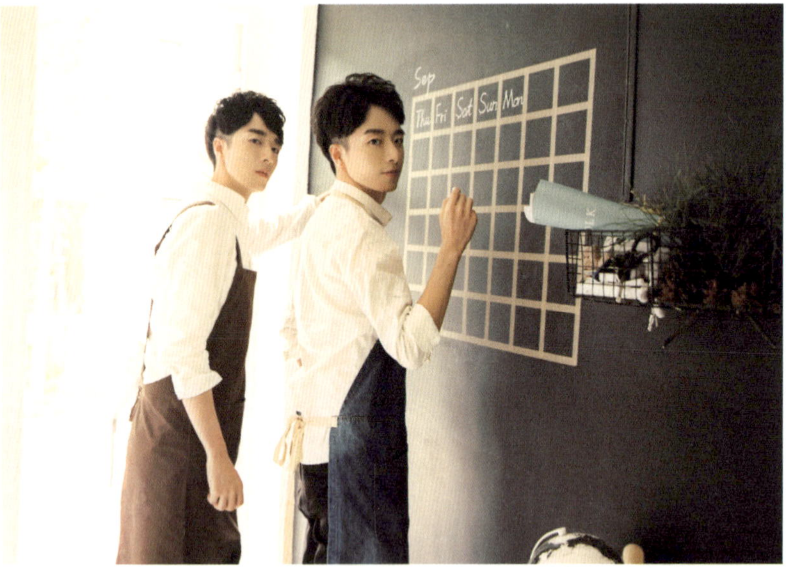
Sep
Thu Fri Sat Sun Mon

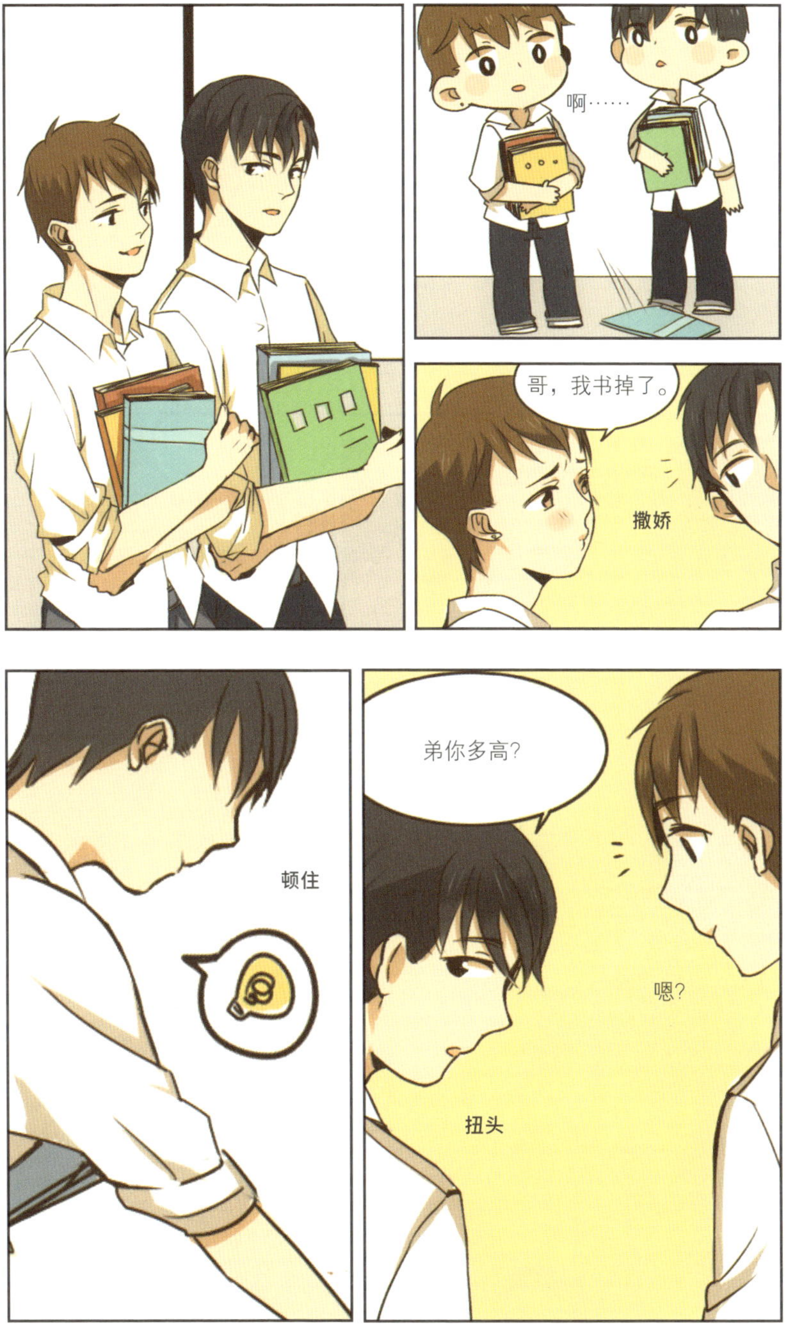
啊……
哥，我书掉了。
撒娇
顿住
弟你多高?
嗯?
扭头

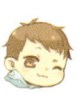

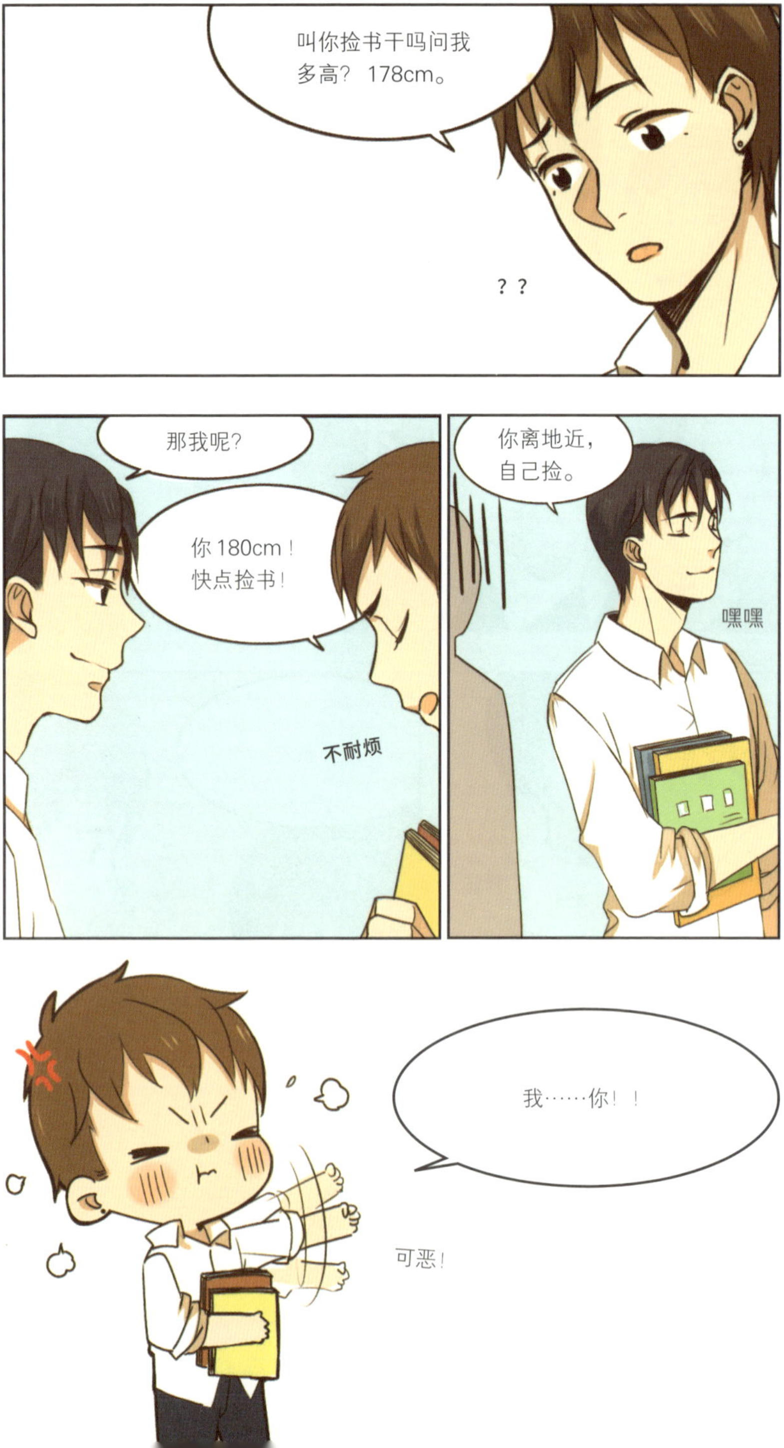
叫你捡书干吗问我多高？ 178cm。
？？
那我呢？
你180cm！快点捡书！
不耐烦
你离地近，自己捡。
嘿嘿
我……你！！
可恶！

妈妈骑自行车送小朋友上学，但是每次只能送一个小朋友。
小豪乖哦，昨天是先送你的，今天该先送哥哥了哟！
呜呜
呜呜呜，我不要，妈妈不是你说的哥哥要让着弟弟吗？我不敢走……我害怕……
抽泣
可是已经好多天都是先送你了，今天先送哥哥好吗？
为难
我不要我不要！我到底是不是亲生的啊！我是弟弟啊……
哇呜
哎呀……你不怕丢人我怕丢人！
唉，好了，妈妈你先送弟弟吧，我没事的。
呃……

我就说哥哥要
让着弟弟嘛！
鬼脸
那子文你注意安
全，妈妈马上回
来接你。
好了，妈
妈，我们快
走吧！
哥哥快点，一
会儿迟到啦！
……
唔……
哼！得意什么，还
不是我让你的！

吃饭中

今天谁结账?

摸索

这次你买吧,哥哥钱包忘带了,以后结账都是哥来。

哥,你已经被我拉黑了

结账后

其实你钱包带了,在包的最里面。

翻找

摸到

呵呵,逃单的哥哥。

盯—

呃……

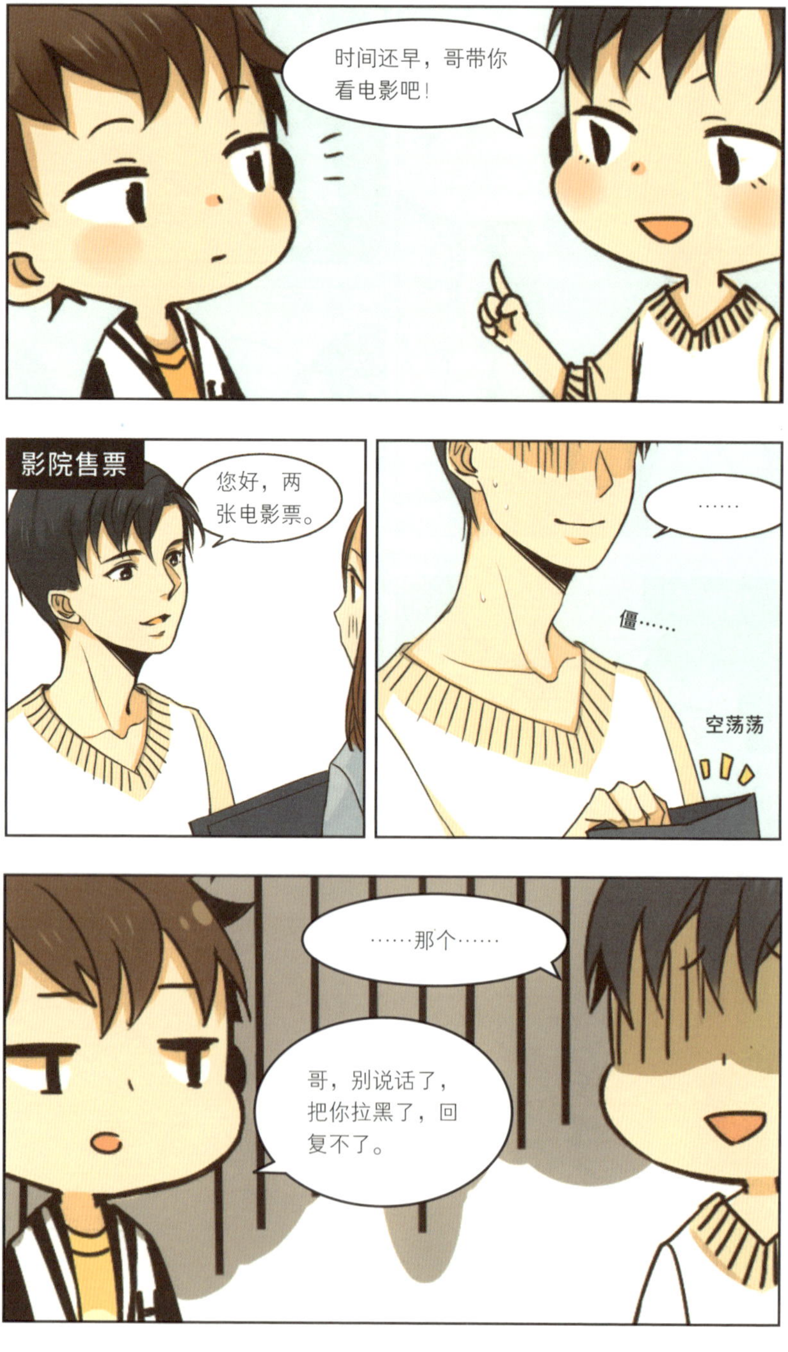

时间还早，哥带你看电影吧！
影院售票
您好，两张电影票。
……
僵……
空荡荡
……那个……
哥，别说话了，把你拉黑了，回复不了。

27

自己做的草莓酸奶真好吃！

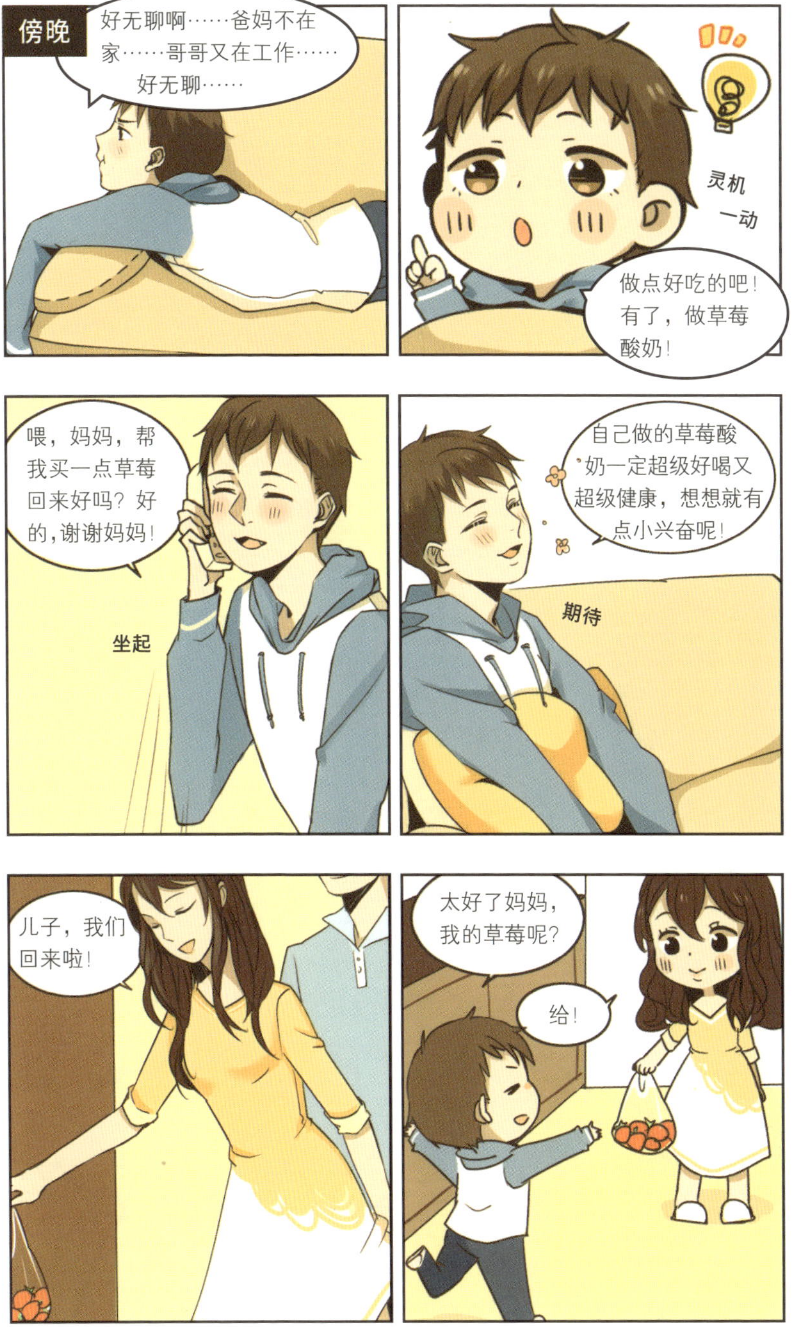

爸爸，榨橙汁，谢谢！
哦……
工作 ING
哥，爸爸妈妈回来啦！
弟
哥，帮我拿一下酸奶。
可能穿错衣服了……
嘻嘻
果然自己做的草莓酸奶最好了！
……是你自己做的吗？

余额：
8.14 元
呃……
哥，出来吃个饭啊。
好，12:30，
××× 餐厅。
饭店
哥哥，我能透支下月生活费吗？
这才月中，不行！
那你请客吧这顿，我没带钱。
唉……
……

一周后
喂，哥，我发奖学金了。你那儿钱够用吗？
够用，你自己留着买点吃的吧。
感动
啊……够用啊……
欲言又止
怎么了？
你要是钱不够用了，我还想说，大爷可以赏你一点儿！
啪
挂断

奇怪，怎么一点儿电
都没充进去？
弟弟犯了错，
哥哥批评弟弟。
你怎么能这样？以后要注意一点儿！
呜……
哼！！！
砰
唉……
哼，有什么大不了的嘛！还骂我。
气鼓鼓
藏好
嘻嘻
？
？？
四处
寻找
咦？我剃须刀呢？
明明放这儿啦……

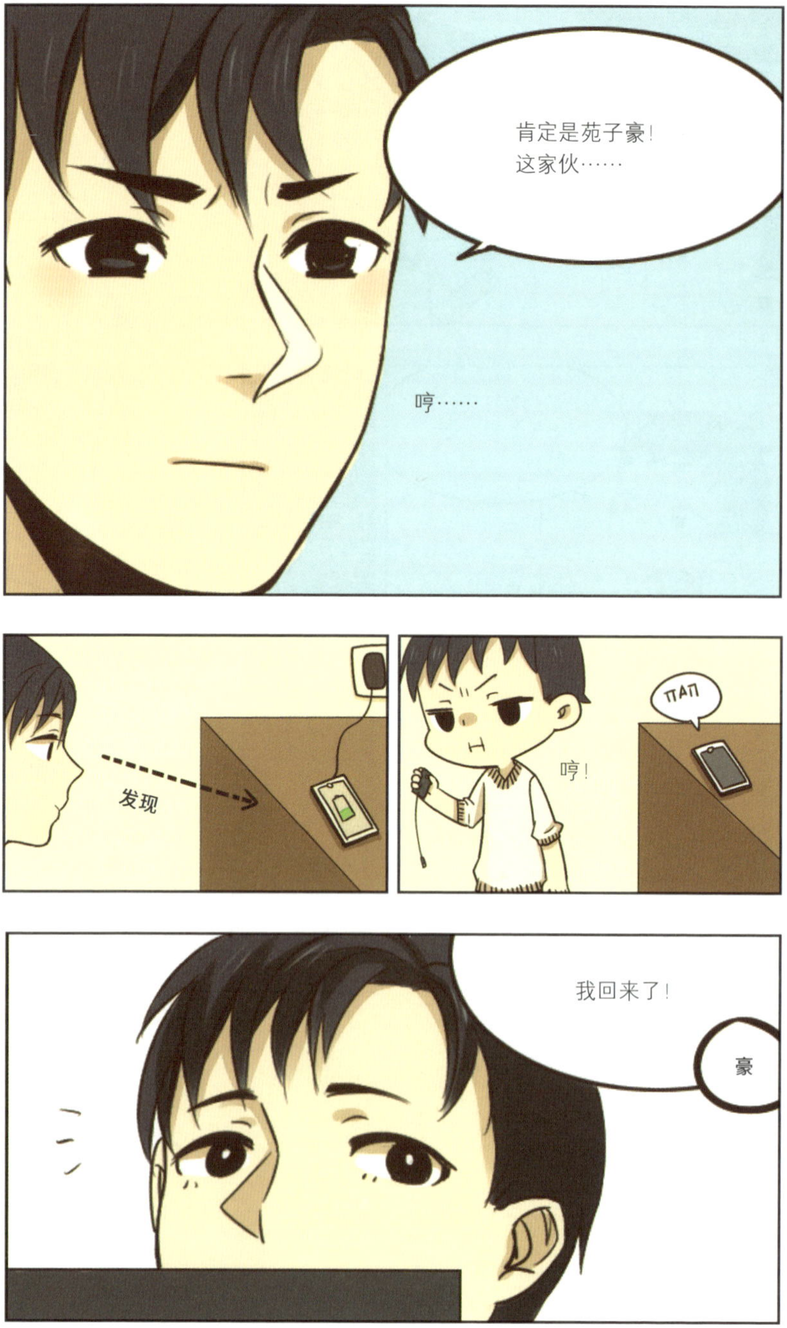
肯定是苑子豪！
这家伙……
哼……
发现
哼！
我回来了！
豪

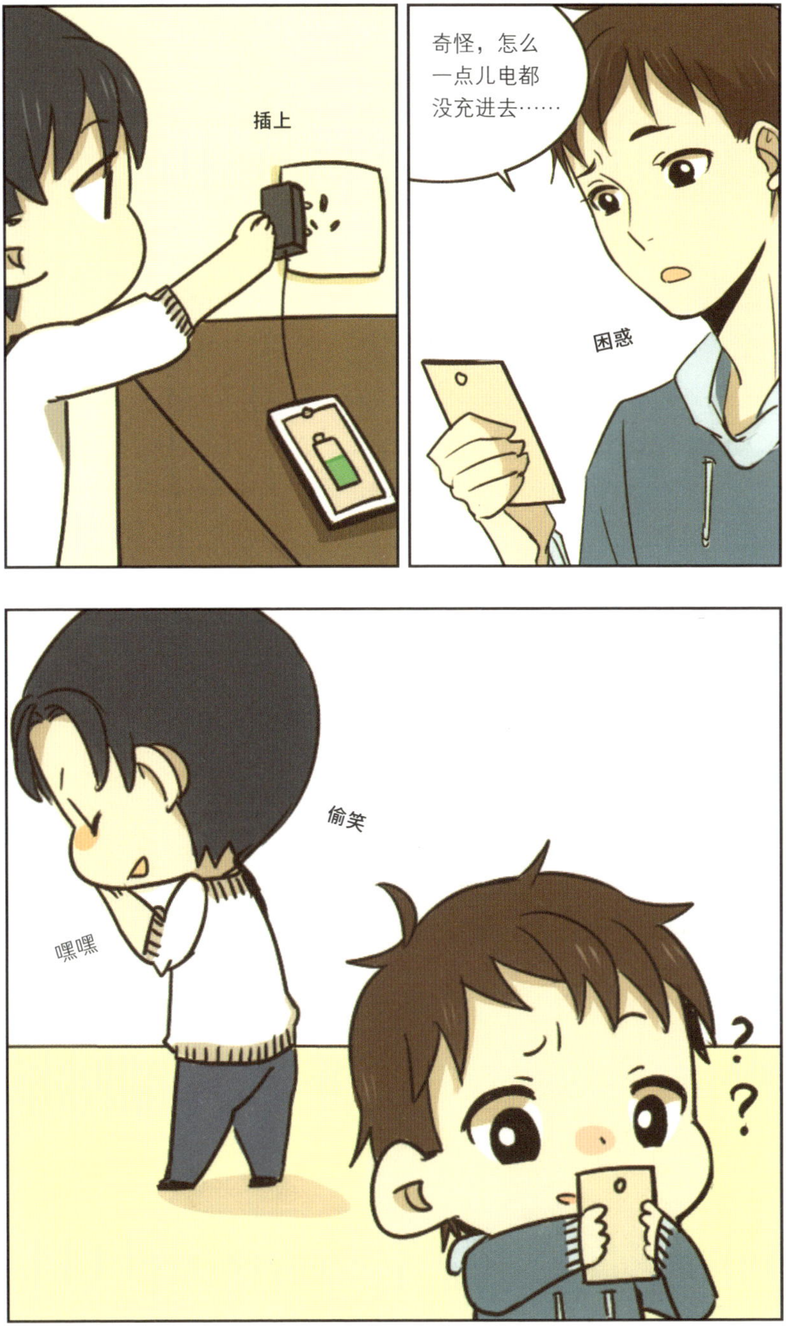
插上
奇怪，怎么一点儿电都没充进去……
困惑
偷笑
嘿嘿
？？

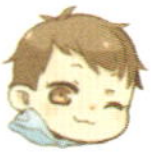

苑 子 文 & 苑 子 豪 的 日 常

"

▶▷ 想做的事常被现实束缚，想直言的话又习惯隐忍，喜欢的人总是错过，我们的人生啊，仔细检查一遍又一遍，交了答卷才发现浪费了很多时间。其实有时候我们不仅要按部就班脚踏实地，偶尔也需要飞起来两步。去做一直想做的事吧，去喜欢美好的人，去努力做心里的自己，希望你现在足够坚定，以后也更勇敢。

▶▷ 带我弟去吃饭，吃完他问："谁结账？"我说："我没拿钱包，这次你先结，以后都是哥来。"出门之后，他说："你钱包其实带了。"我一摸，还真的摸到了，当时尴尬得想找地缝钻进去。他只说了一句："呵呵，逃单的哥哥。"后来我说："时间还早，哥带你看电影去吧！"到了发现钱包里没有钱了……"哥，别说话了，把你拉黑了，回复不了。"

"

YUAN ZI WEN

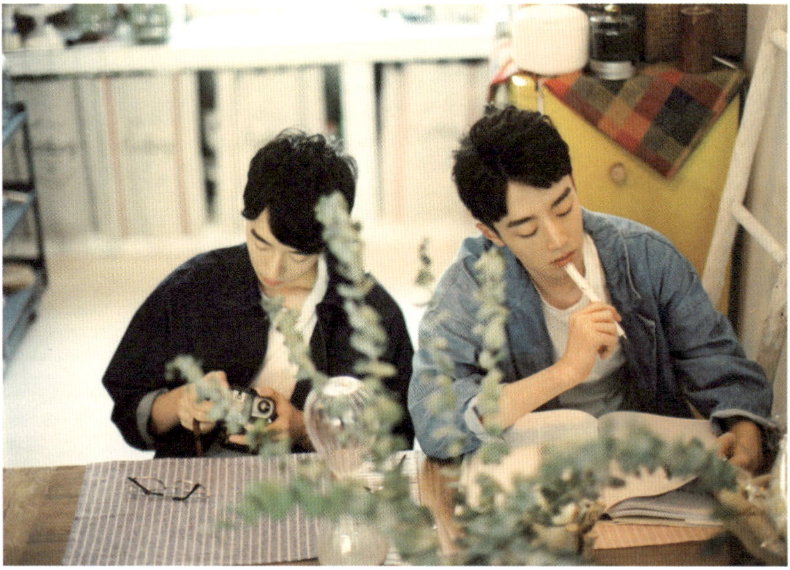

文

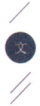

苑 子 文 & 苑 子 豪 的 日 常

"

▶▷　胃口不好就少吃凉东西,晚上盖被子自己压一下被角,下雨天不想出去就窝在床上,累了就歇着,爱吃零食就别想着胖了怎么办,没人陪就吃一人餐。哪儿那么多的非你不可,其实你一个人也可以很精彩。

▶▷　昨天回了家我哥就病倒了,由于相信心有灵犀和心电感应,所以晚上哄他乖乖睡着后,我默默替他喝下了爸爸泡给他的茶。

▶▷　我哥钱包丢了,没有身份证,所以冻结了银行卡,这几天天天跟在我屁股后面要钱花,没我微信支付连车都打不了。于是打一次车要谢我一次,要钱我都是五十一张五十一张地慢慢给,这种感觉太爽了。

"

Y U A N Z I H A O

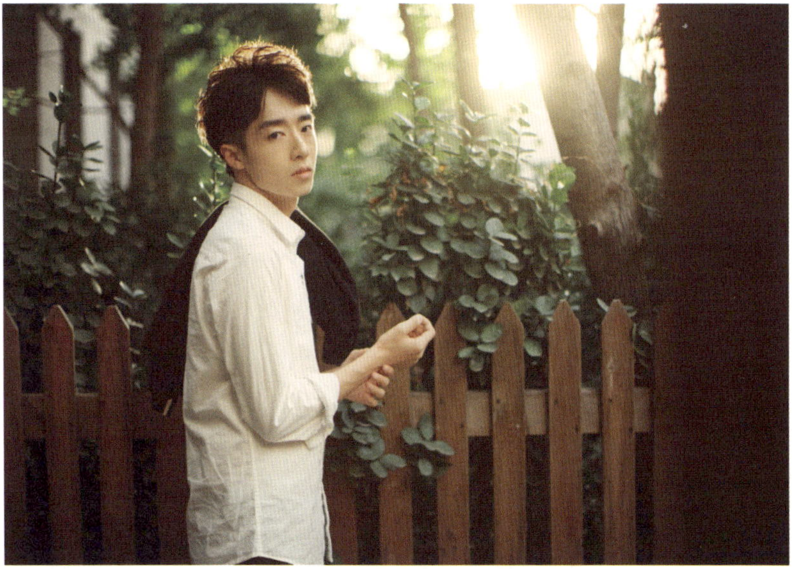

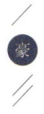

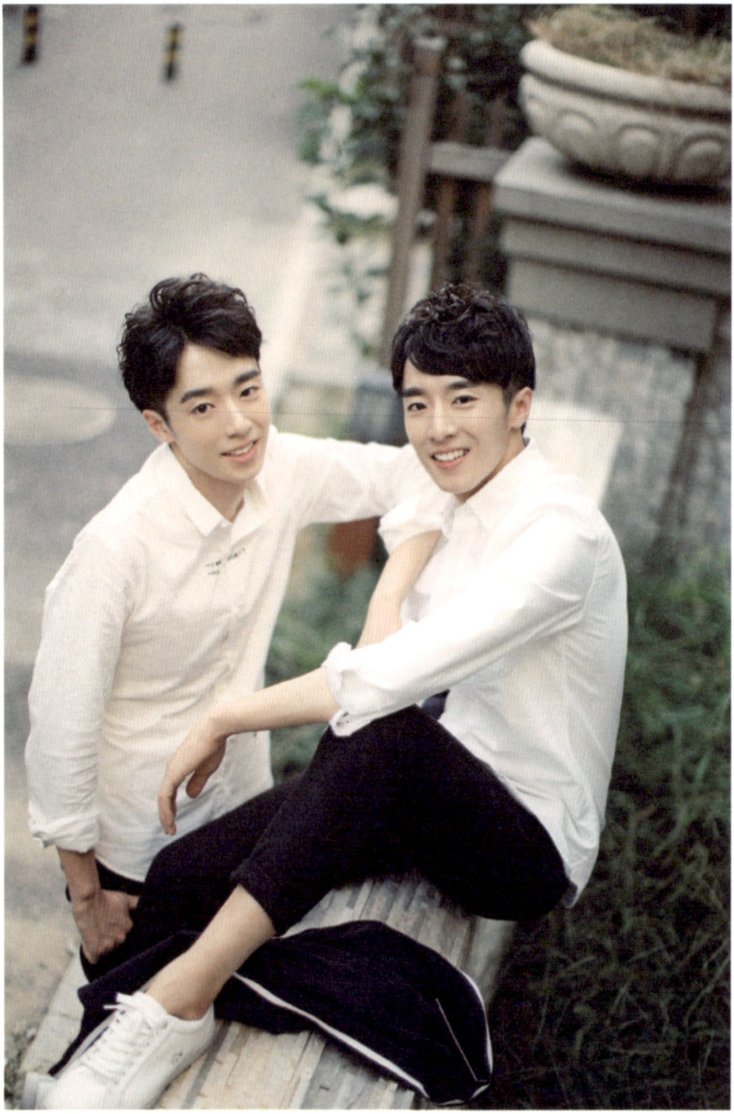

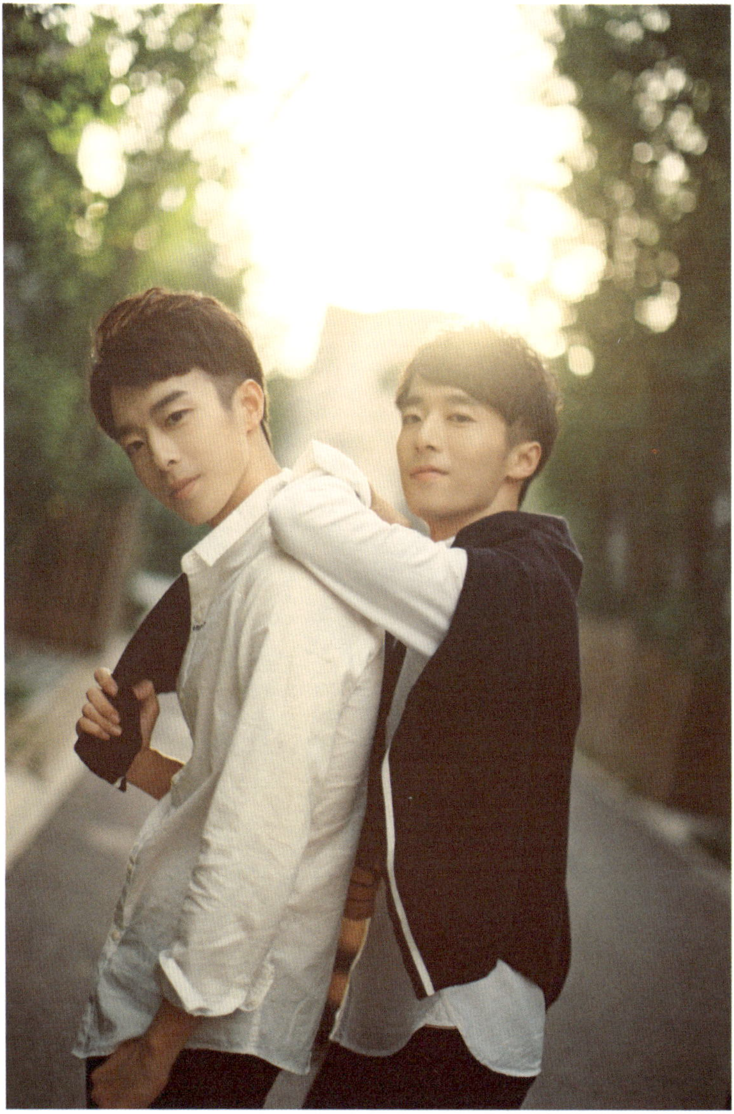

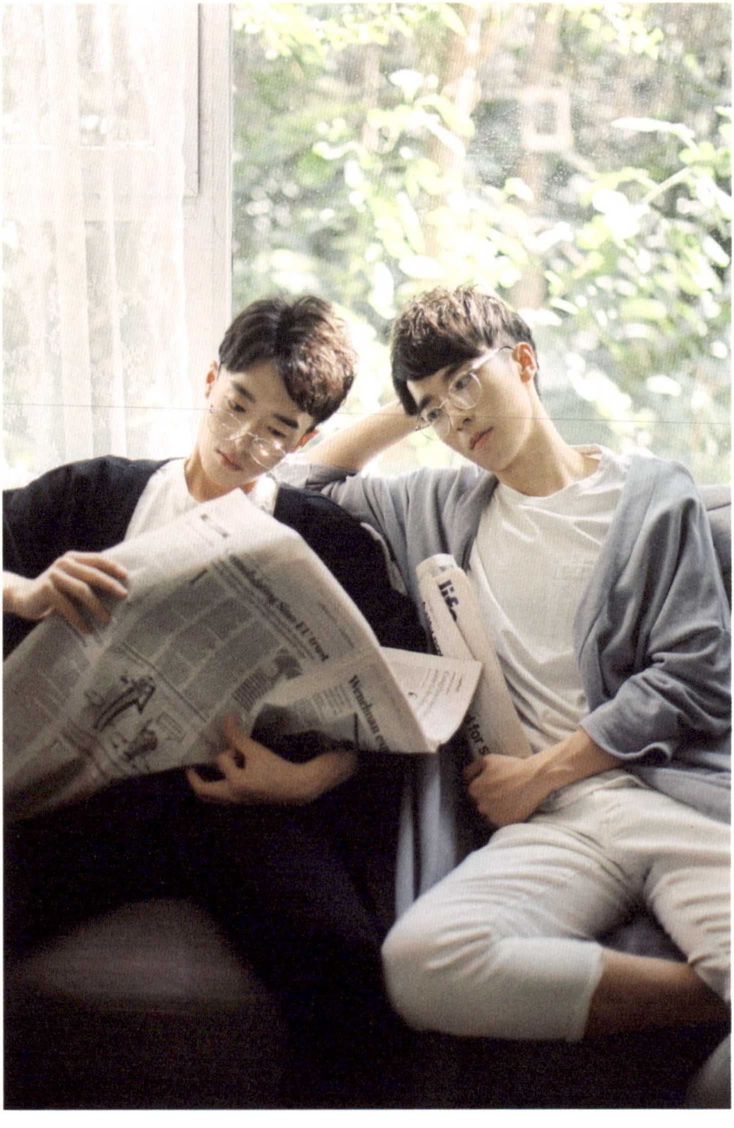

30 给哥哥做早饭

早上5点，爸爸妈妈都还在睡觉……
悄悄
起床
睡眼惺忪
熟练
流畅
完成
6:30
小豪你今天起得好早啊！
嘻嘻嘻嘻嘻，我给我哥做早饭。
哥哥
这孩子今天怎么了？我是错把哥哥看成小豪了吗？！
疑惑

其实,前一天晚上,弟弟弄坏了哥哥的东西……

苑子豪你给我出去!明天早上别想吃早饭!!下个月没有生活费啦!!

呜呜

哥哥,起床啦,今天有好吃的三明治和水果拼盘哦!

温柔似水

哥哥

早饭后

妈妈,如果用一个字来形容我,是不是乖呀?

求表扬

闪亮

不,你那是厌。

呵

车上
哥，还有多久才到啊？好无聊啊……
快了。
到了。
15元。
到了。
5
10
啊！
哥哥！今天车费我来付吧！
好啊！
咦？奇怪，我记得是这条裤子的啊，记错了吗……
这边有没有……
东翻
西找

找找找
好了吗?
不耐烦
唉，算了，
我来给吧。
给。
不用找了，
赶紧下
车吧!
翻翻翻
还在找→
下次话说清楚!
耽误时间!
这位小哥
真大方啊!
谢谢小哥啊!
……
哎呀?
呃……

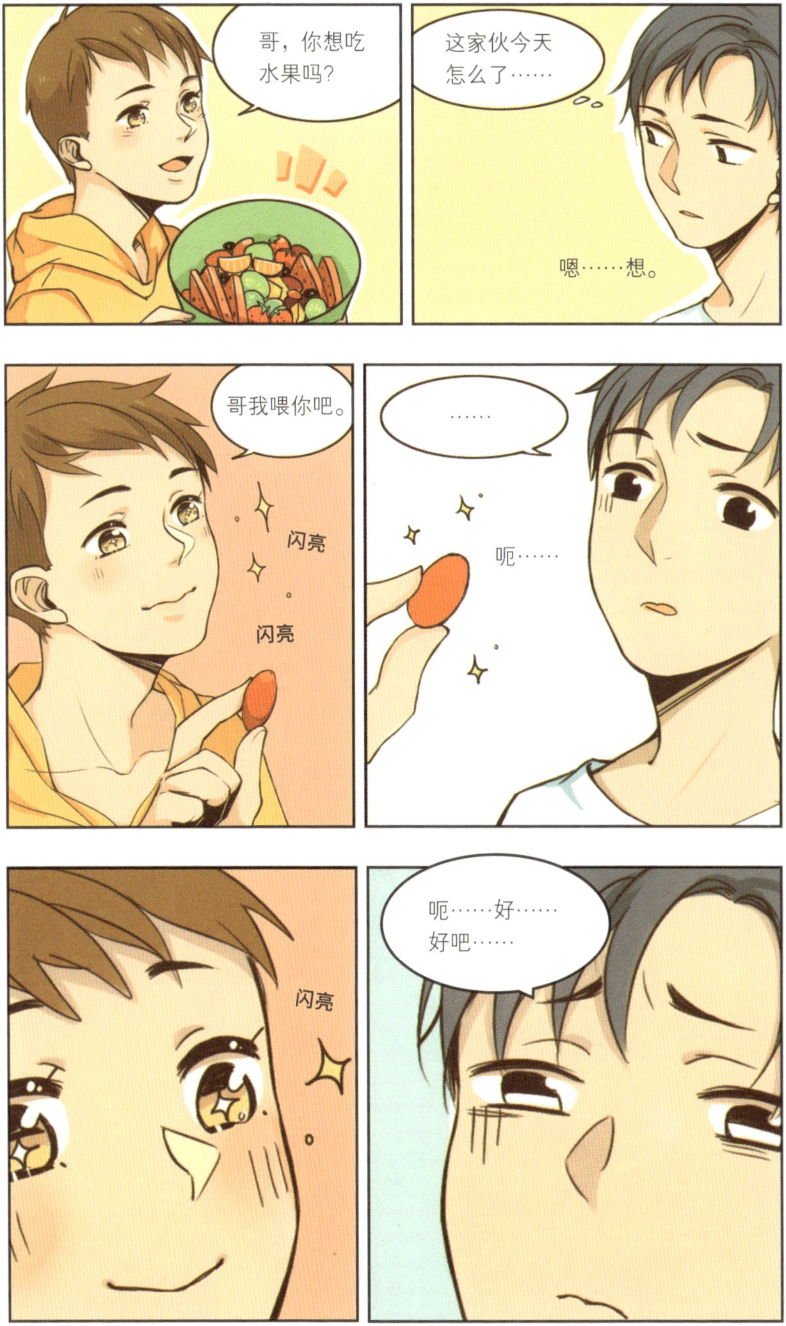
哥，你想吃水果吗？
这家伙今天怎么了……
嗯……想。
哥我喂你吧。
闪亮
闪亮
……
呃……
闪亮
呃……好……好吧……

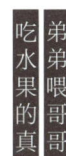

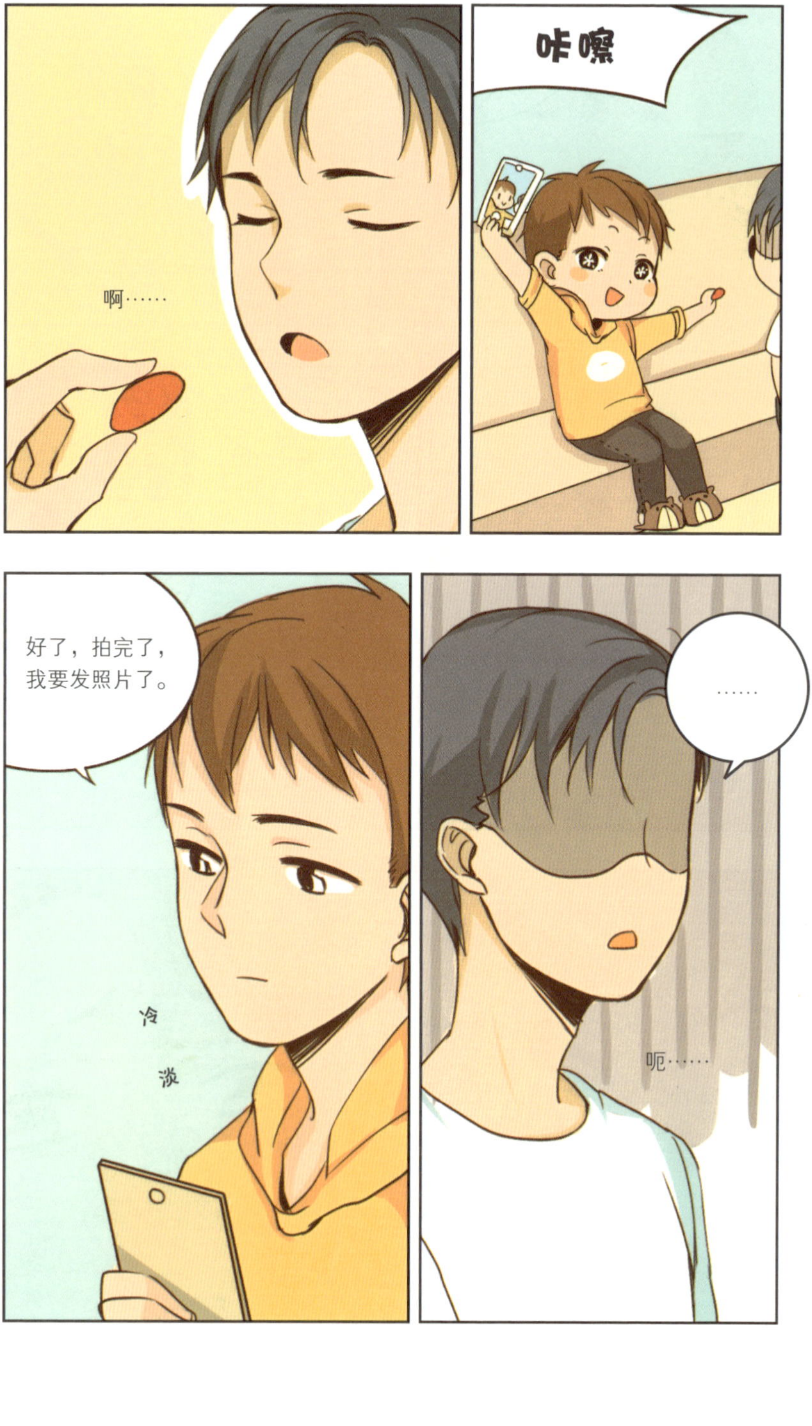
啊……
咔嚓
好了，拍完了，
我要发照片了。
冷
淡
……
呃……

啊啊啊啊啊！你是哥哥对不对？我可喜欢你了，能不能跟你合个影？
欸？
好啊好啊，没有问题。
迟疑
冒出
拨弄
太好了！
哈哈哈哈哈哈哈哈哈哈哈哈哈哈哈！！！
……
同学麻烦你帮我们照一下可以吗？
石化
好……

新年
微信朋友群里
新年快乐。
子文好暖！
子文最帅！
哼哼，你们都起开，见证我是大暖男的时刻到了！不就红包吗！我给你们发！大的！
哼哼
刚抢完的某人
哦哦哦期待！
期待 +1 ！
+10086 ！
锵锵
得意
安静——

都不理我！开门！放苑子文！！！
爹毛
唉……
双胞胎，一个发钱，一个抢钱，差距真大……
你别抢群里红包了，我私发给你。
我不抢。
弟真乖！
我上次看见你银行卡密码了，我要钱会自己取的。
呃……
抢抢抢

晚上8点多，
妈妈正在厨房捣鼓，
哥哥正在浴室洗澡，于是……

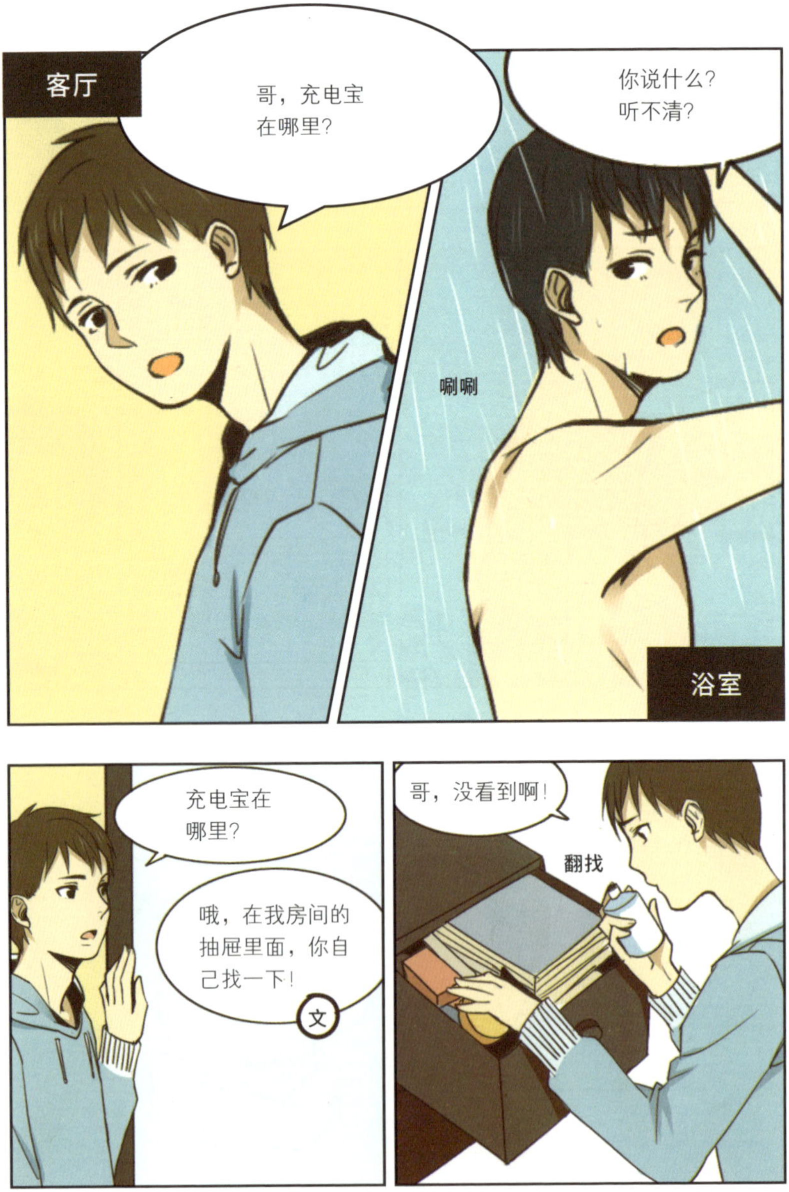

走出
明明放在那里的，你再找找看……
湿漉漉
没有啊！算了，你充电器借我吧！
懊恼
踩上
?!
打滑
哥哥，刚刚借你的充电宝用了一下。
进屋
呃……

妈妈你听我解释，不是你想的那样的！其实 BLABLABLABLA……
手忙
脚乱
僵硬
……原来如此，哈哈哈哈……
吓死宝宝了……
冒汗
妈，你想太多了！
嘿嘿
都怪你！
怪我咯？

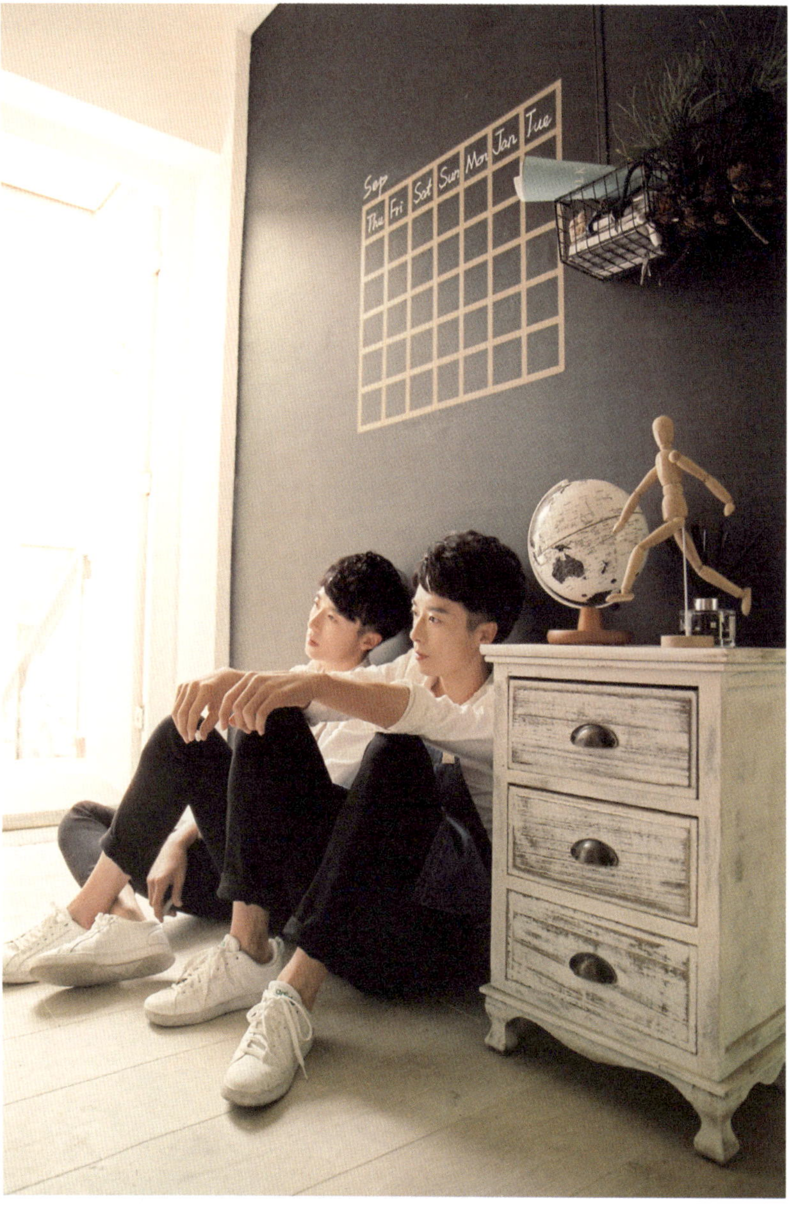
Sep
Thu
Fri
Sat
Sun
Mon
Jan
Tue

- 文 -

▶▷ 某人一上车就睡觉，作为好哥哥，为了他不压发型，我拿手撑了一路。虽然手麻了，但也没影响我拍了很多他张着嘴的黑照，这就是爱呀。

▶▷ 刚才在车上被弟弟一路说，根本还不上嘴。到楼下他说要打个电话，一会儿再进来。后来我去冰箱拿喝的，听到有人按门铃，我就去把我妈的手机调静音了。看他按了半天，有些心疼，就说："你说'大哥我错了'就给你开。"又给他讲了恐怖故事，让他乖乖说了三遍。现在躺在床上，分享一下我的心情。

苑子文

×

- 文 -

▶▷ 早上弟弟自己在那儿吃水果。
我说:"平常都是哥哥给你削好了切好了拿给你吃,你今天怎么自己吃呢?"
他说:"哈哈哈,你好可爱啊!"
我……这是……可爱?

▶▷ 对心动的人就算恋不到,但一想到 Ta 就觉得很美好;对待朋友,不愿经营复杂关系,但有那么几个死党能把你的小情绪哄一哄就好;做事很慢热,偶尔觉得自己笨,但始终保持着好奇和渴望。这样的你多可爱啊,愿所有美好都穿越茫茫人海,为你而来。嗯,站在原地别动,我会找到你,抱紧你。

- 豪 -

▶▷ 今天考试,没洗头发、没刮胡子,穿着短裤戴着框架眼镜就来学校了。遇到一个姑娘,她激动地问我是不是苑子文,我想了五秒钟,然后回答说:"我是。"

▶▷ 不来的车你别等,不对的人你别爱,海的尽头也吻不到天,伸出双手也摘不了星辰。别任性,别听假话安慰,别编一些自欺欺人的幼稚理由骗自己。好好疼自己,比什么都痛快。

- 豪 -

▶▷ 爱情是场漫长的等待,你要知道,这个世界上一定有一个人会忍你的烂脾气、臭毛病、怪习惯。相信我,丑小鸭和白天鹅都不属于你,总有一个不好不坏的人会甘心留在你身边,抛弃整个花花绿绿的世界。在此之前,不要敷衍,不要轻易交付,你要时刻提醒自己,你亲爱的一心人,已经在路上了。

▶▷ 路上遇到个姑娘,说:"啊啊啊啊啊啊……能跟你合影吗?"我心跳加速,红着脸答应了。愉快地合完影,姑娘激动地说:"我喜欢你好久了,虽然你弟也很可爱。"

苑子豪

✕

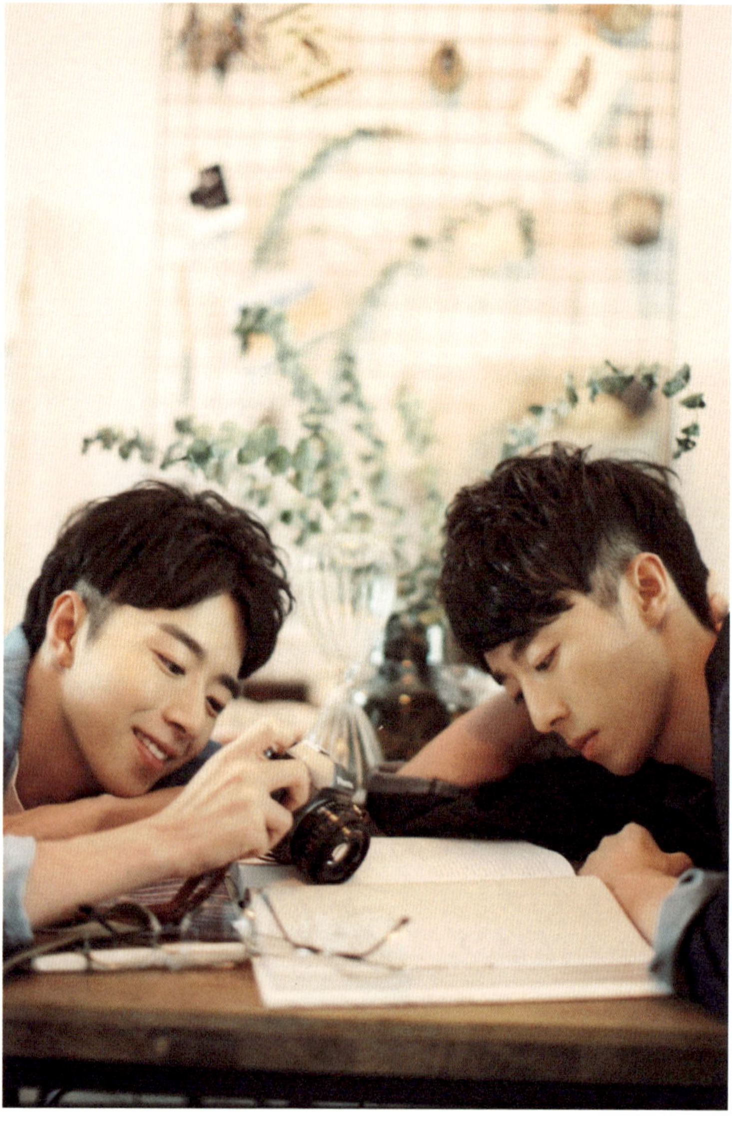

兄弟俩到底谁比较高

我说你们兄弟俩长得都一样呢！有什么办法区分吗？

打住，哪里长得都一样，明明是我比较帅好不？

看我，我比他高两厘米。

看来以后可以用身高来区分了。

偷笑

得意

哼！

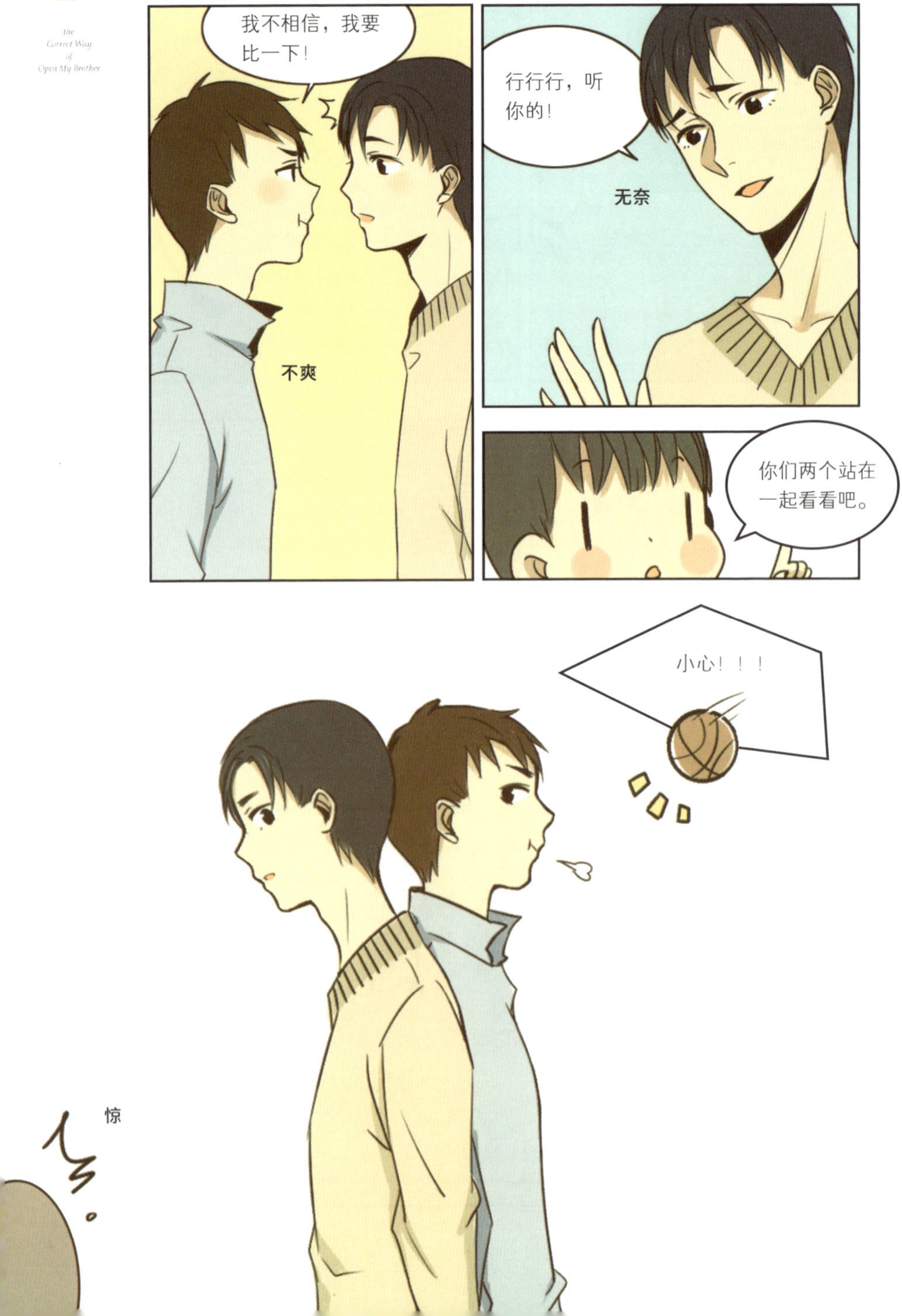
我不相信，我要比一下！
不爽
行行行，听你的！
无奈
你们两个站在一起看看吧。
小心！！！
惊

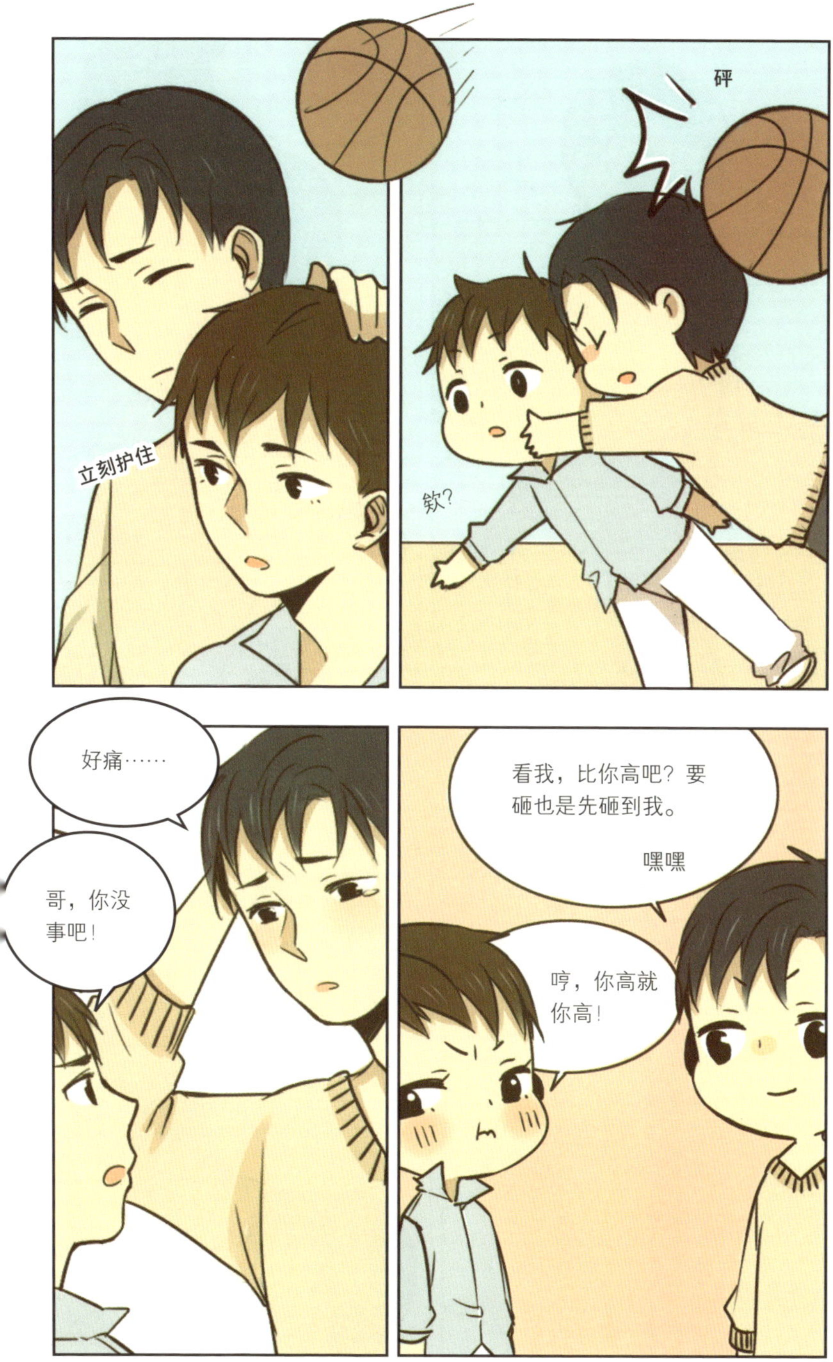
立刻护住
砰
欸？
好痛……
哥，你没事吧！
看我，比你高吧？要砸也是先砸到我。
嘿嘿
哼，你高就你高！

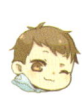

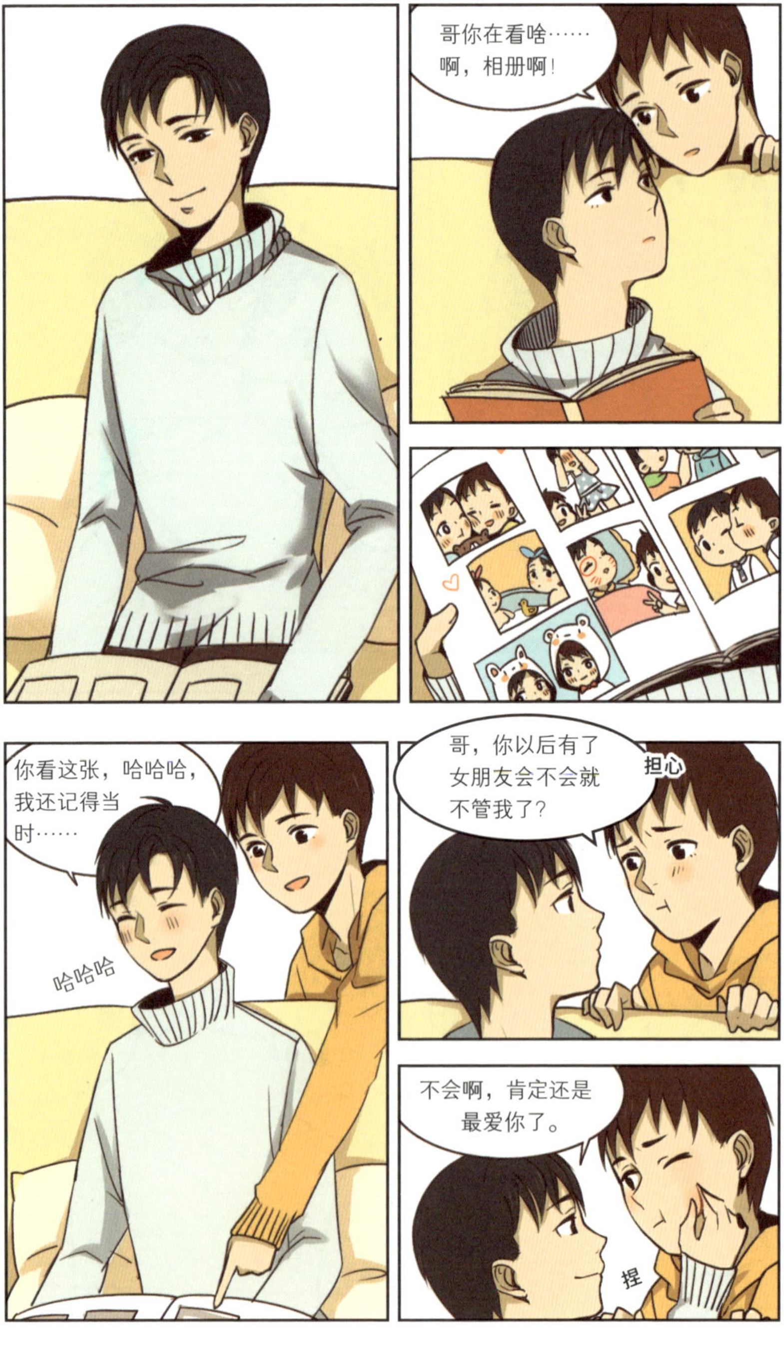

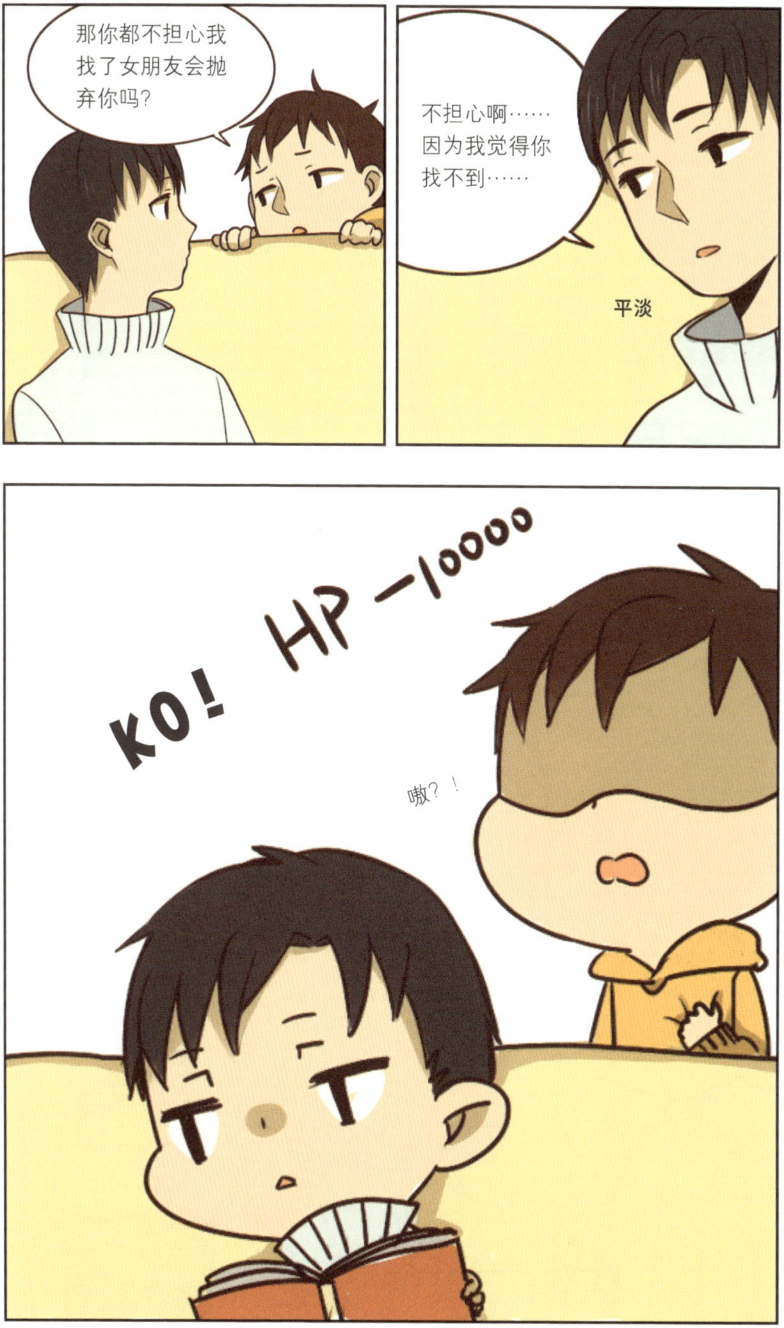
那你都不担心我找了女朋友会抛弃你吗?
不担心啊……因为我觉得你找不到……
平淡
KO! HP -10000
嗷？！

钱包不见了

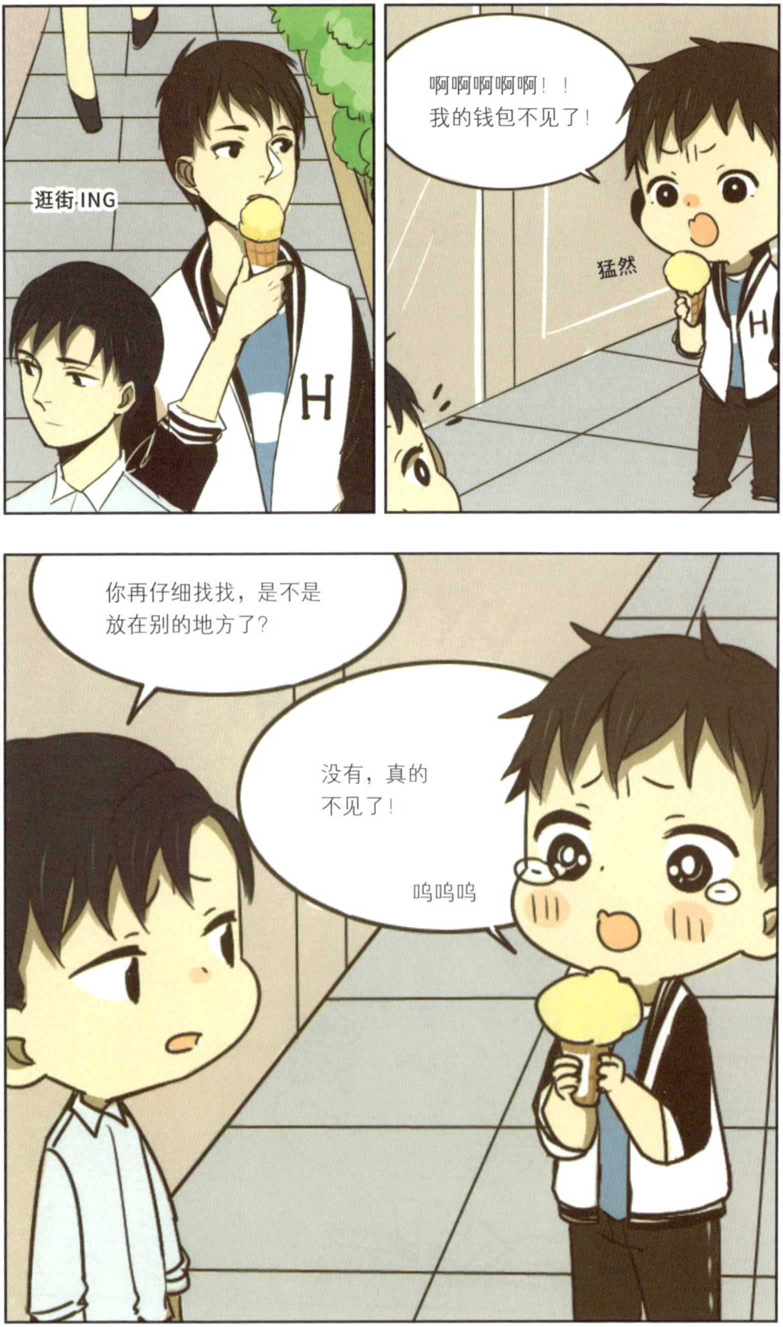

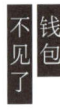

乖，没事啦，我帮你买个新的钱包。
呜呜呜呜呜呜呜。
钱包里的钱我也给你报销，好不好？
呜呜呜呜呜呜。
别哭啦，一个钱包嘛，不要这么伤心。
摸摸
好不容易照了张好看的身份证，再去补办把我照丑了可怎么办？啊啊啊……
嘤嘤嘤
……
文

早上
教室里
空无一人
哥，你看我今天奇怪吗?
不奇怪呀，怎么了?
我今天戴眼镜感觉有点奇怪。
难受
我觉得有点不舒服。哥哥你帮我看看眼镜歪了没有?
唔?
没有啊。
坐下
耍赖
撒娇
你再看！你仔细看看！我总觉得好奇怪啊！

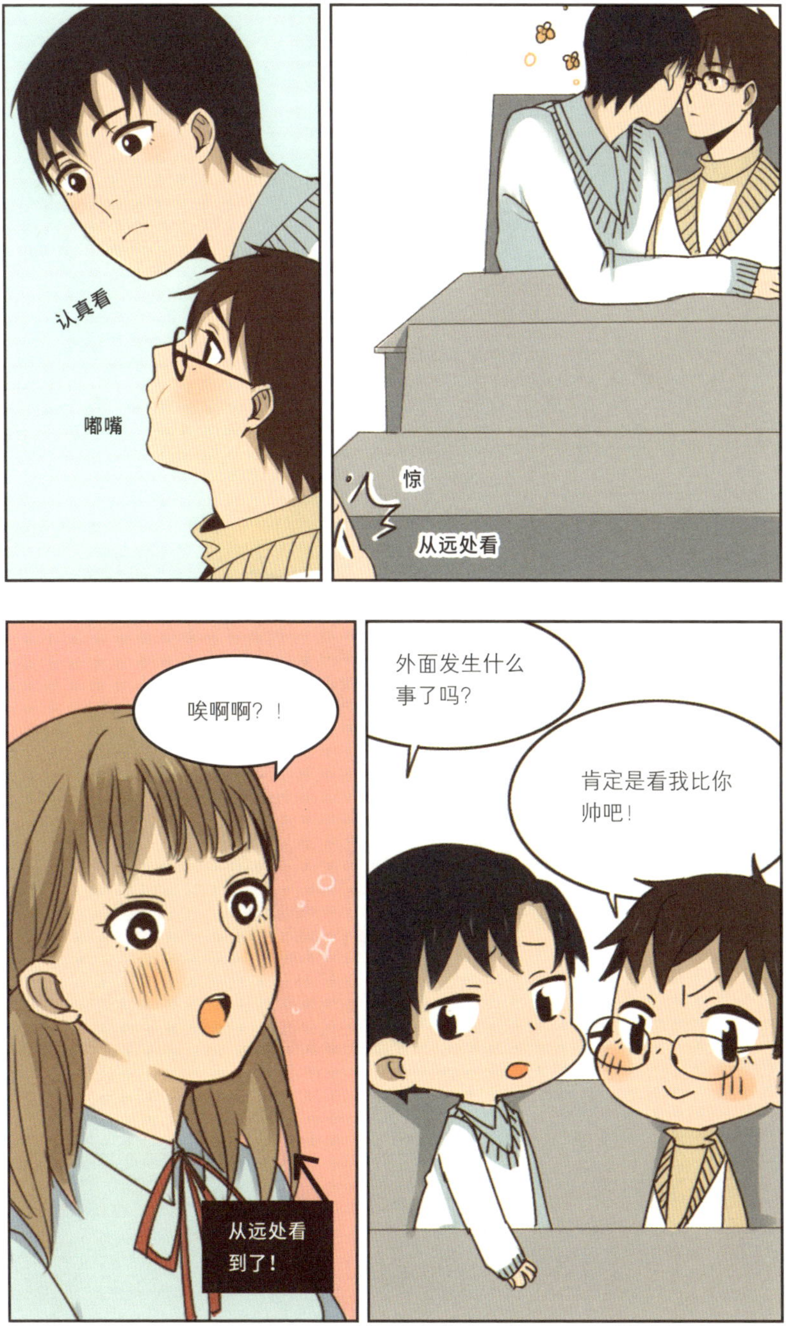
认真看
嘟嘴
惊
从远处看
唉啊啊？！
从远处看
到了！
外面发生什么
事了吗？
肯定是看我比你
帅吧！

文

苑 子 豪 & 苑 子 文 的 日 常

▶▷ 有的时候不愿意说话，不是担心对方听不懂，而是分享也无用。遇见挫折时，与其叽叽喳喳说个不停，不如做点喜欢的事分散一下注意力，出门逛个街，看场好电影，或者干脆倒头睡一觉，怎么都好。当你遇见问题不再慌张地四处求救，而是气定神闲地继续自己的生活，才是真的长大了。管你风雨，我有自己。

▶▷ 小时候觉得最帅的一件事，就是夏天从兜里掏出一块钱，给我弟买一杯冰。

- 文 -

▶▷ 有对这个社会满心的期待,也有对不公的失望。对形形色色的人有坚持不变的评判标准,但又会收起自己的脾气打理人际关系。我想大多数人都是如此吧,在学校踏往社会的路上,每一步都欣喜于猎奇又小心翼翼,你仍会有一腔热血,会拔刀相助,只不过你学会了保护自己。但如果你真的学不会,给我个机会,我保护你。

- 豪 -

▶▷ 每天上午除了会 10 点多（才 10 点多！）就把我吵起来，逼我吃干果、水果和酸奶，你还会做什么？！烦不烦你们说（为我做主）！

▶▷ 你看，要过去的，总会过去。很多事情都是这样，诸如高考、失恋。路过之前沉默，拥有时珍惜，走掉以后别回头。

豪

苑子豪 & 苑子文的日常

▶▷ 不管昨晚你经历了怎样的撕心裂肺，早上醒来这座城市依然车水马龙、人语喧嚣，没有人在意你失去了什么，没有人关心你快不快乐，这个世界不会为了任何人停下前进的步伐。辛酸就哭，累了就睡，撒不出气来就去大吃大喝。嗯，越是没人爱，就越是要好好爱自己。

▶▷ 每天都疲惫和沮丧却仍然坚持战斗，因为我知道，只有努力去向更好的地方，才会遇见更好的你。

▶▷ 自己学院的学妹夸了我十句子豪哥你好帅，又嘱咐我天冷加衣，我感动得就快哭了。然后她接着说："可以把子文哥微信给我吗？"嗯，我可以开始哭了。

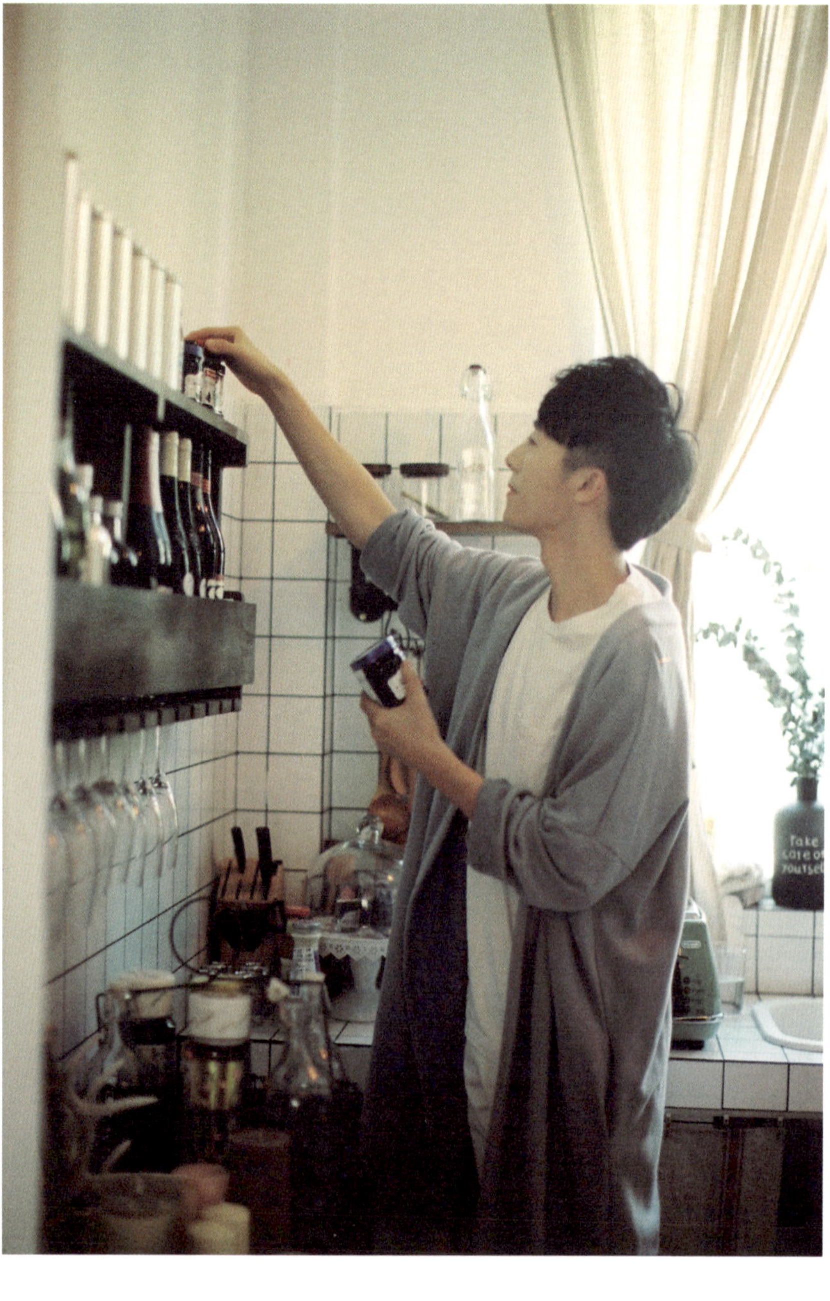

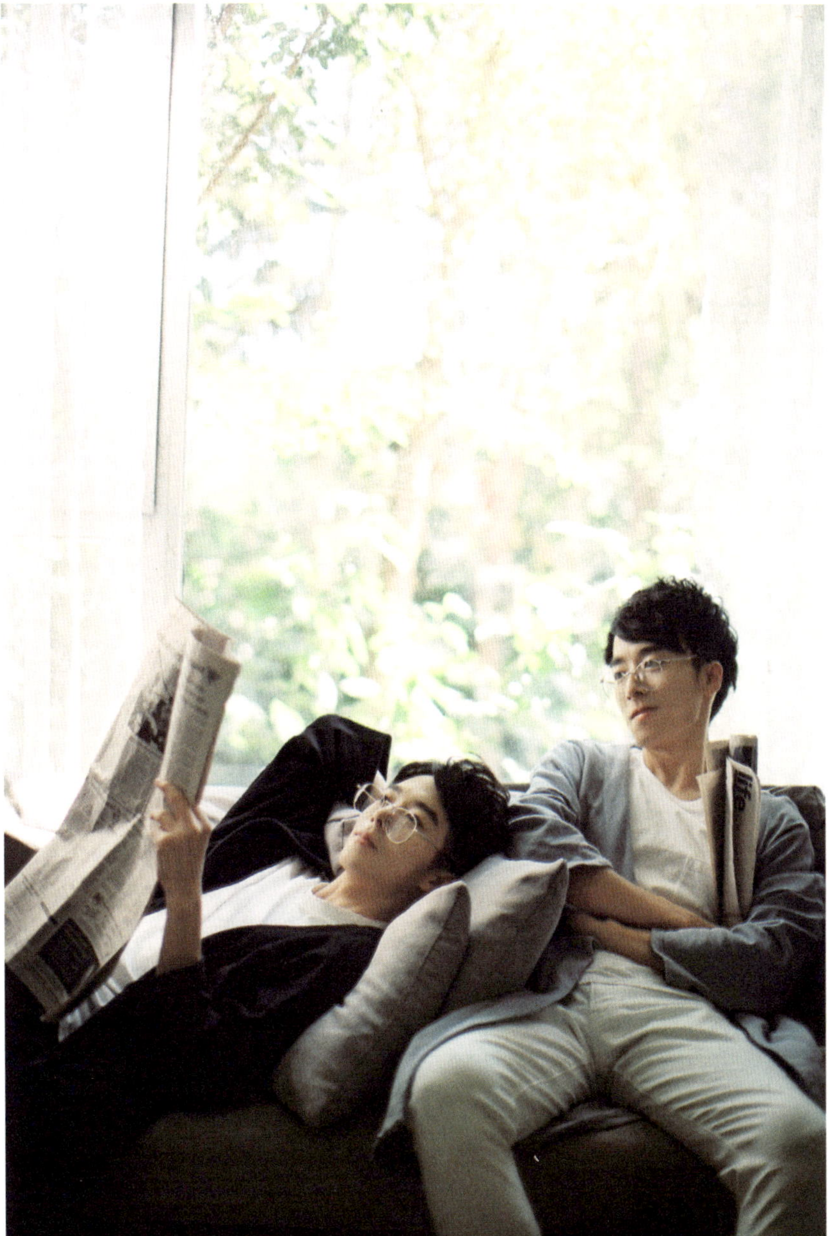

哥！
怎么了？
气鼓鼓
我不开心！
发生什么事了？
今天我下楼倒垃圾……
回忆ING
子豪呀，又长帅气了，一定有个女孩子在追你吧！
嘿嘿，王阿姨真会说笑，我还单身呢。
尴尬

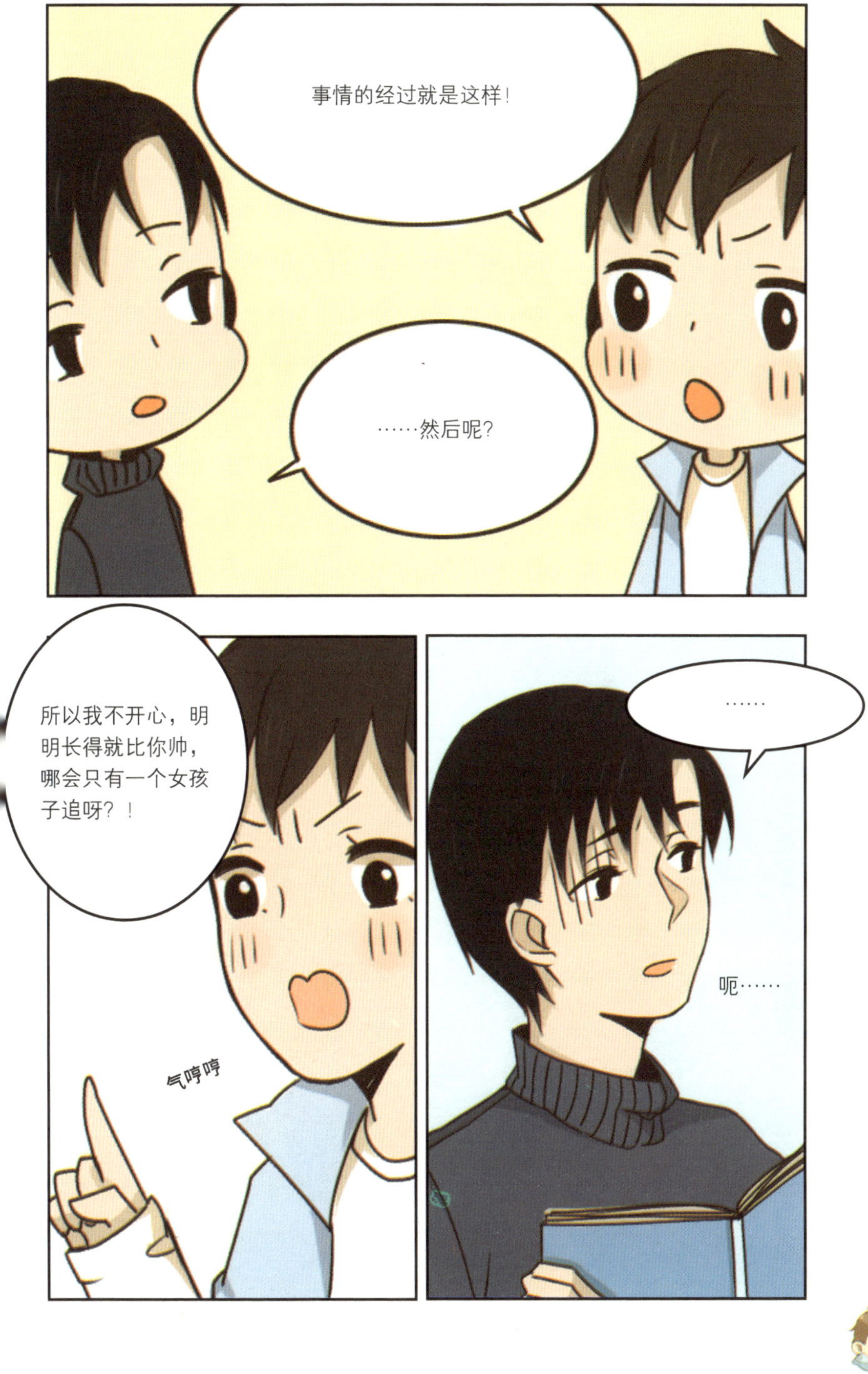
事情的经过就是这样！
……然后呢？
所以我不开心，明明长得就比你帅，哪会只有一个女孩子追呀？！
气哼哼
……
呃……

| 隔天下楼 | 王阿姨早。 |

早呀，子文又帅气了，一定有很多女孩子在追你吧！

哈哈哈，王阿姨真会说笑，我还单身呢！

挫败

某个周末哥俩在家看娱乐节目……

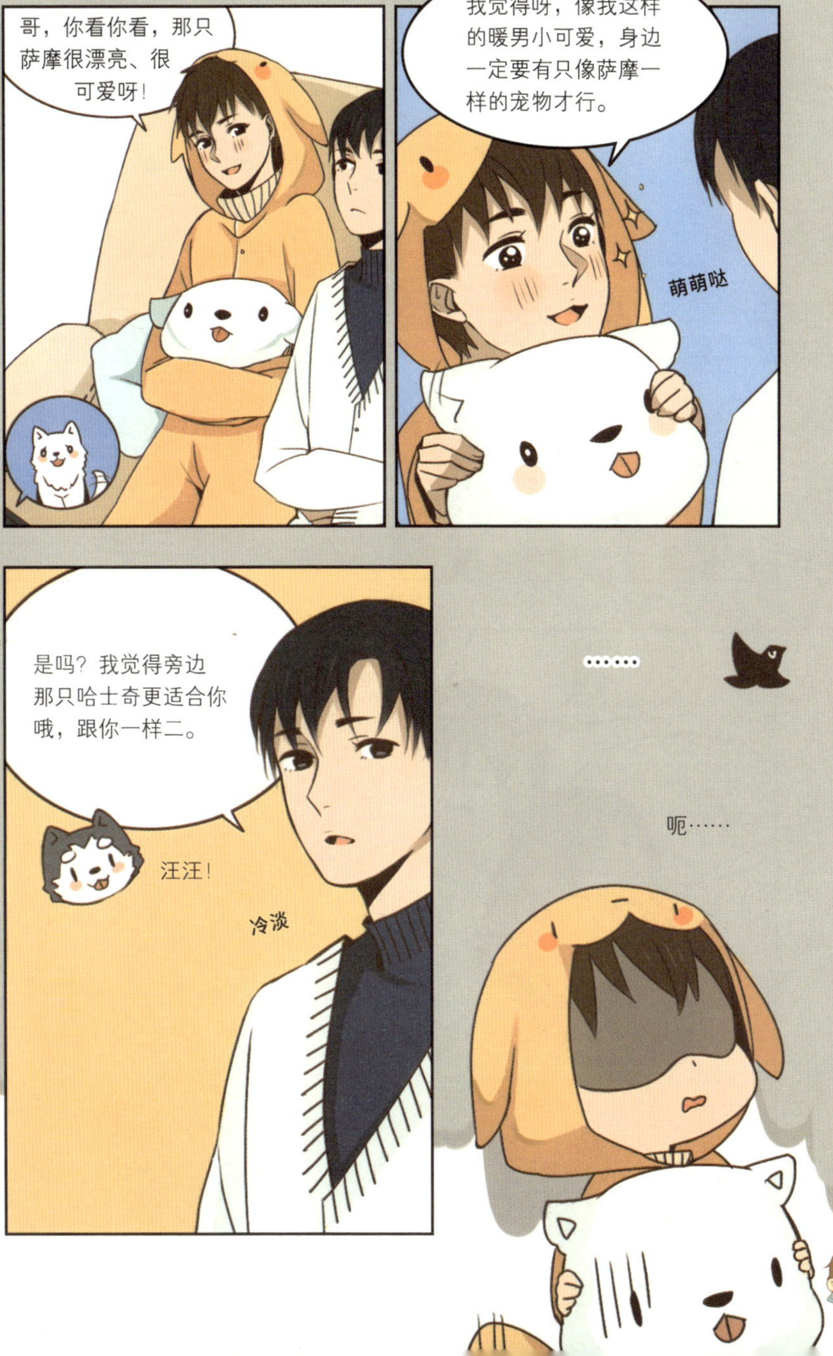

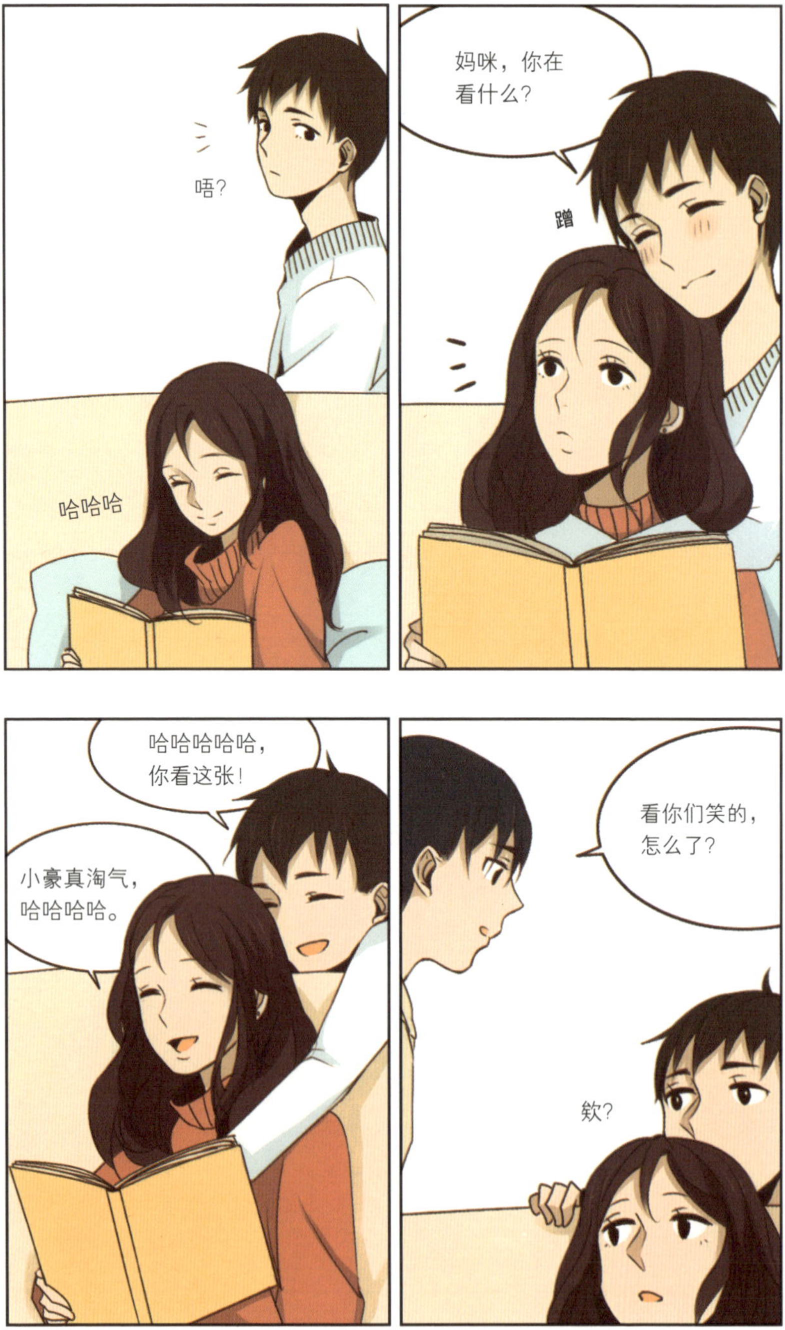
唔?
哈哈哈
妈咪，你在看什么?
蹭
哈哈哈哈哈，你看这张!
小豪真淘气，哈哈哈哈。
看你们笑的，怎么了?
欸?

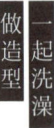

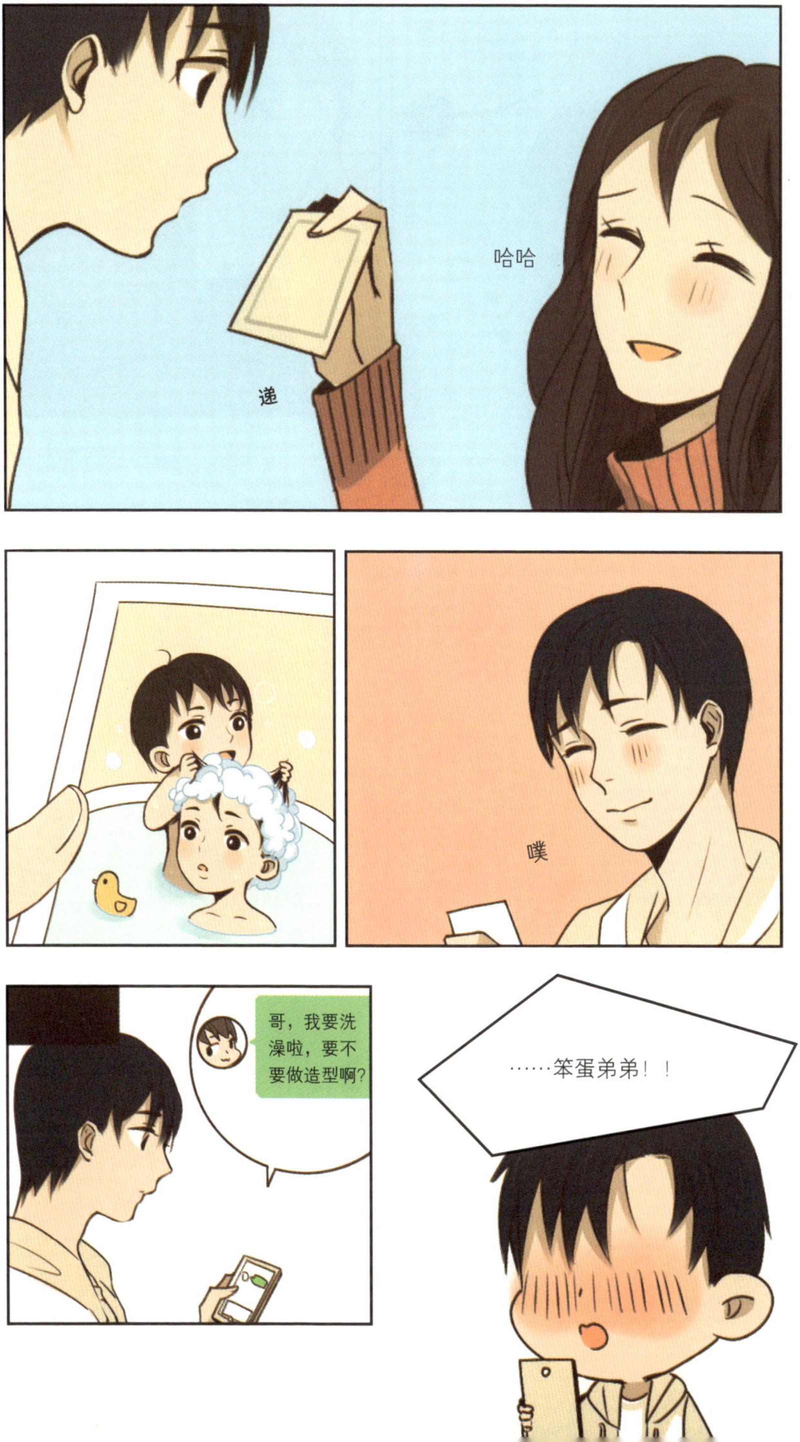
递
哈哈
噗
哥，我要洗澡啦，要不要做造型啊？
……笨蛋弟弟！！

哥——
豪
专注
哥，家里冰箱快没零食了，我想去超市补一下货！
哦，钱在我桌子上面，自己去拿吧！
唔？
哥，你开车载我出去吧！外面好冷耶！
欸？
颤抖
哥现在没空，乖！自己下楼打车去吧！
呜

哥，要是以后我有了女朋友，我们相处的时间就会越来越少！你不珍惜现在还能陪我的时光吗？
可怜兮兮
好吧，我陪你去！
唉！
果然哥哥还是舍不得我！
得意
我只陪你到下面拿个资料，至于你什么时候有女朋友，我觉得可能还要比较久。
扶
……哼！

车内
哥，你看外面，雾霾天气，什么都看不清了……
担忧
别担心，开着车灯就能清楚道路了。
可是，我担心像我帅得这么明显，未来女友会错过我……
忧郁
……你够了。
怎么办？
哎呀！
加油站
车子需要加油，等一下再去超市吧！麻烦加满。

好哒！
咔嚓
小兄弟，油加好了！
啊
辛苦您了！给您口罩，雾霾天气戴上这个能减少肺部污染。
递
哈哈，谢谢小兄弟啦！
也给你一个。
接过
干吗给我这个？在车子里我不担心雾霾……
疑惑
石化
可我担心的是等下下车后，你会吓跑我未来的女朋友。
无视

早上兄弟俩正准备穿衣服出门……
整理 ING
哥，你新买的帽子好漂亮啊！
唔？
你想干吗？
闪亮
借我戴一戴好不好嘛？
嘿嘿
借你戴？
嗯嗯！
那还不如……
送给我？
抢答
狗带。

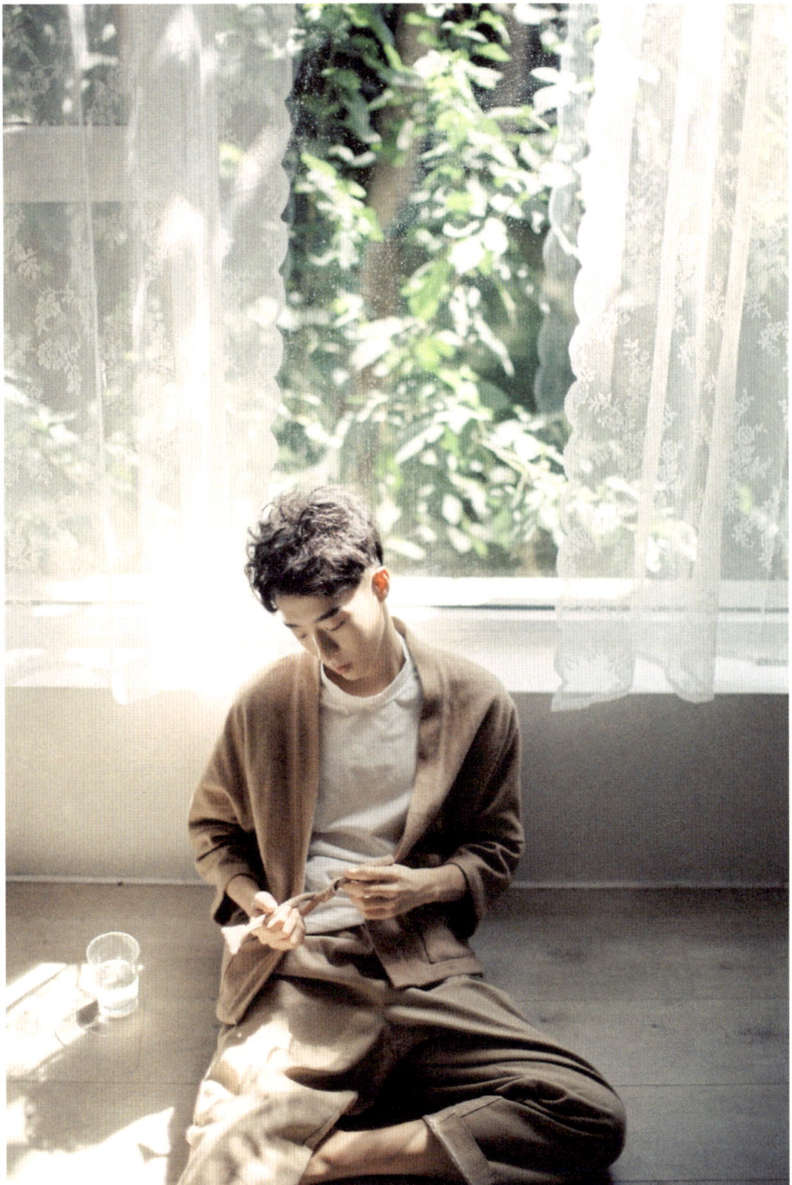

▶▷　其实我们对大多数人，都会很真心地对待，但后来会发现不是所有人都能走到一起；走到一起的朋友，有一天也可能没有原因地走着走着就散了。我们总固执地认为真心能换来真感情，却常常被辜负。受了伤可以愈合，但无论感情中的前任，还是曾经的朋友，真的觉得，如果不能成为礼物，就不要走进别人的生活。

▶▷　有时候孤独是好事，一个人就自己多长本事、多看世界、多走些路，把时间花在正事上，变成自己打心底喜欢的那种人。

▶▷　有时候觉得，我弟真是一个特别正能量的人，想唱歌了一个人去唱一下午，想看电影了还十分钟开场打车就去，想吃好吃的餐厅绝不将就。其实人都应该这样，自己最懂自己，合理范围内，想做什么就做什么，想太多，会活得很累。千万不要委屈自己，时间太快，人生太短，小心愿要学着自己满足。

▶▷　洗完澡懒得吹头发，裹条毛巾就躺下了，结果某人给泡了面，立刻爬起来吃。所以胖回以前，你们还会接受吗？

YUAN ZI WEN

一

苑子文

苑 子 文 & 苑 子 豪 的 日 常

▶▷ 我哥说他买的红枣汤圆特别好吃,我说那你煮八个咱们一人一半尝一尝。吃完我的四个对哥说:"骗子,我的根本不是红枣的!"他说咱们一样的,我说不信又吃了一个,啊啊忘记味道了又吃了一个。他说够了没!我说够了够了还真是一样的……

▶▷ 每一个盛夏都有自己独特的符号,有人分手,有人热恋。喝可乐汽水,或者开着空调盖棉被。暗恋告白不易相逢,毕业匆匆告别一场。我们总是被时间巨大的齿轮推搡着前进,被海誓山盟和冷漠暗淡拉扯着,硬着头皮地慢慢长大。今年你的夏天,是什么样呢?

▶▷ 早上又是被自己帅醒的,也想做一个像我哥一样的人,那样的话就不会有这种烦恼了。

▶▷ 每个人都会遇到伤,只不过有些人痊愈得快一些。没理由全世界都听你的,凭什么不能有背叛,无所谓失去什么真爱。别怕生命中的那些疼痛,要相信那些你无法战胜的、克服的、隐忍的、宽容的,只要不曾置你于死地,都会令你更坚强。嗯,我会更加坚强。

YUAN ZI HAO

苑子豪

苑子文 & 苑子豪的日常

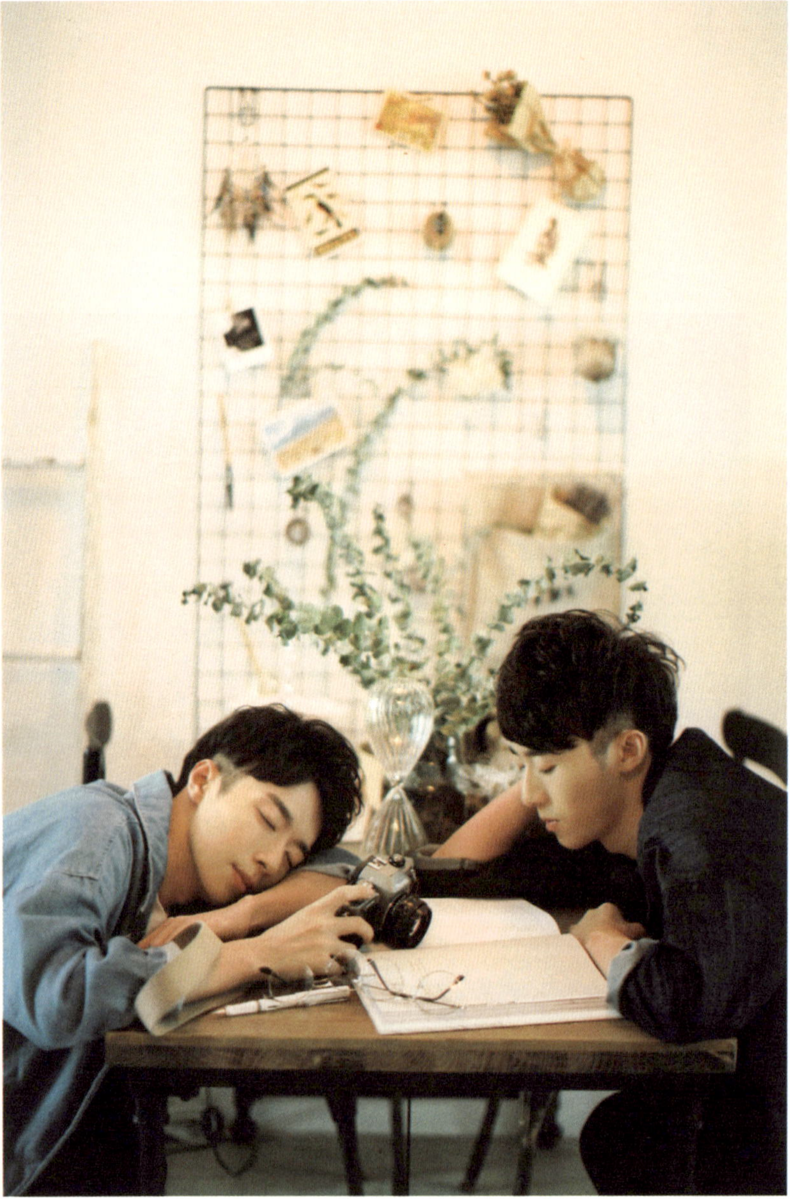

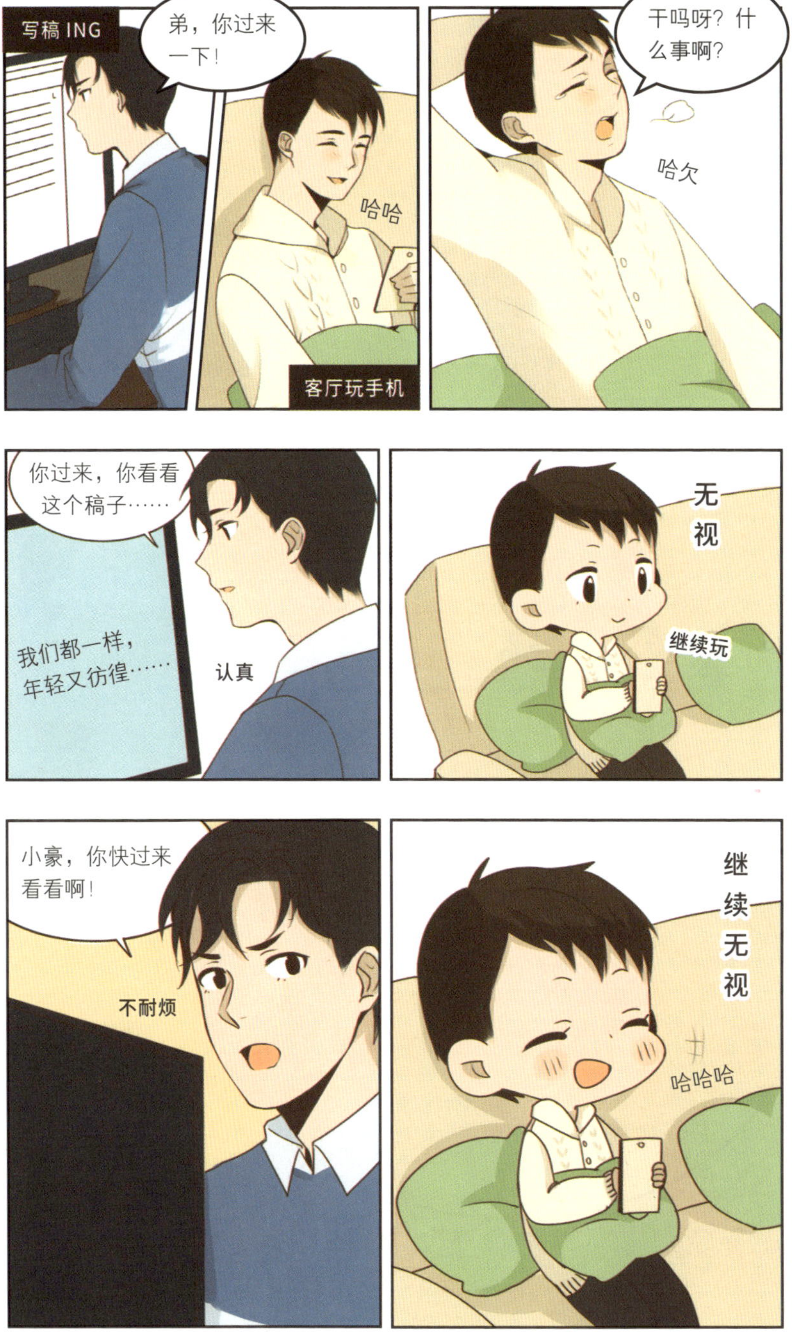
写稿 ING
弟，你过来一下！
客厅玩手机
哈哈
干吗呀？什么事啊？
哈欠
你过来，你看看这个稿子……
我们都一样，年轻又彷徨……
认真
无视
继续玩
小豪，你快过来看看啊！
不耐烦
继续无视
哈哈哈

苑子豪！
冲出房间
冒火
呃……
别玩了！以后也没有手机玩了！
抢
走
欸？
我的手机！还给我！
呜哇
我买的！没收！
吵个架！就把我手机没收了！你买的了不起啊！下辈子我要当哥！
哼！！

考场外，
弟弟交卷出来……
那个……
这是我特意给你送来的水果，你要照顾好自己……
哥哥怎么还没过来，真应该让他看看他弟弟的魅力。
得意
为了拖延时间和女孩聊天……
哈哈
啊！
哥！
豪

考完了？我们
去吃饭吧。
欸？！
看，这是……
显摆
啊？！不好意
思，同学！
欸？
抢过
这是我特意给你送
来的水果！你要照
顾好自己啊！
塞
挥挥
……
哈哈哈哈哈哈
哈哈哈哈！
石化
咔嚓

周末 家里
弟弟在客厅
哥哥在房间工作
你儿子这名字真是没起错，真能号啊！
无奈
我们出去散散步（躲一躲）吧……
爸妈，你们去哪啊?
欸?！
……我和你爸出去散散步。
继续号……

苑子豪你能不能别号了！我都没法专心工作了！
不满
哥哥，要不我给你唱首歌吧。
嘿嘿
讨好
唱世上只有哥哥好？
斜眼
nonono，是……
哼哼！
一条大河，波浪宽……
狗带
扭扭扭
……
唉……

晚上，
关灯看恐怖片 ING
哇呜……
胆小鬼，
哈哈哈。
我，我才不怕！
抖
电影结束
我去洗澡准备
睡觉了。
起身开灯
哥……我晚上会
做噩梦……
脑内 OS：
快叫我和你一
起睡啦！！！
嘤嘤嘤
这家伙又想来我
房间睡……
泪汪汪

那你快去洗澡，晚上不准踢被子！
哦哦！
抛
耶！
晚上睡觉……
哥哥
咦？你怎么又跑到哥哥房间睡了啊？
哥哥晚上看恐怖片害怕了，叫我和他一起睡的。
嘻嘻
是是是，我想再睡一会儿……
哈欠

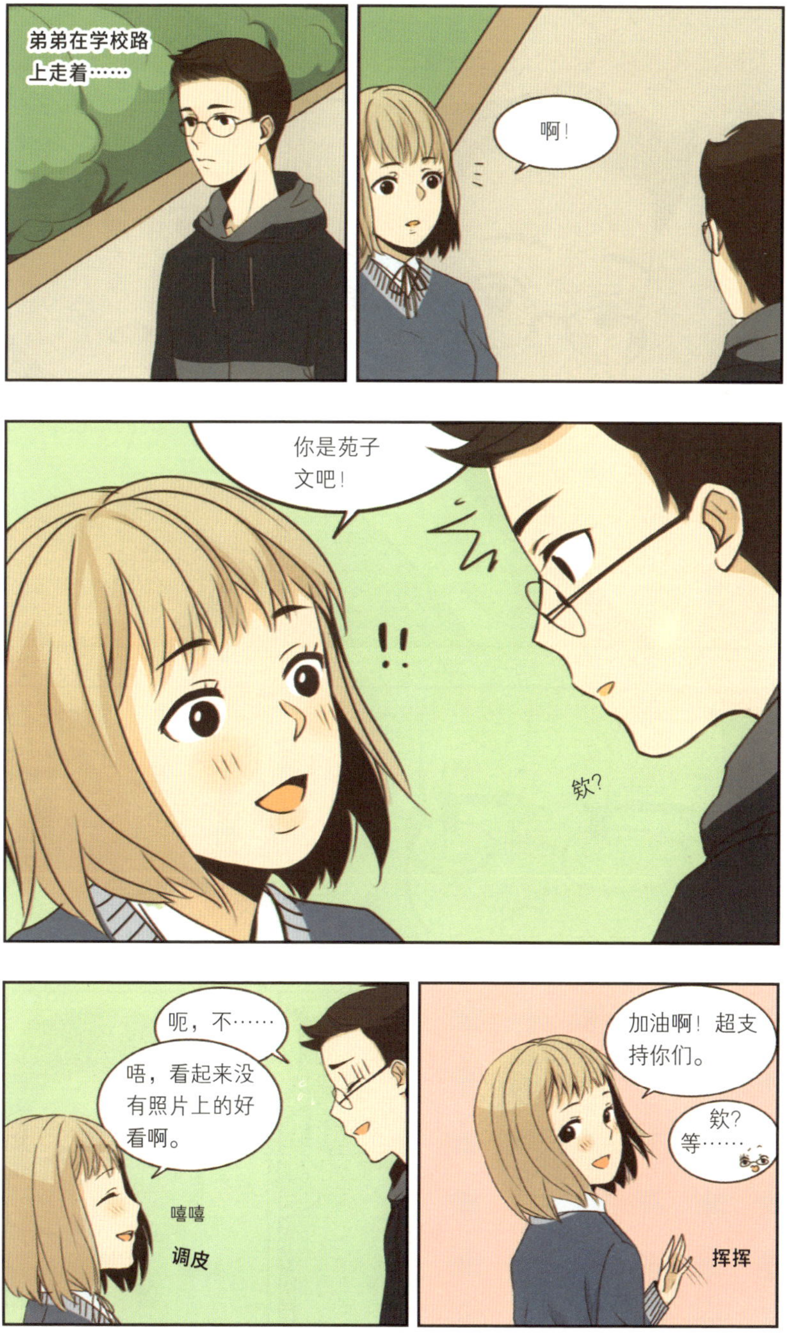
弟弟在学校路上走着……
啊！
你是苑子文吧！
!!
欸？
呃，不……
唔，看起来没有照片上的好看啊。
嘻嘻
调皮
加油啊！超支持你们。
欸？等……
挥挥

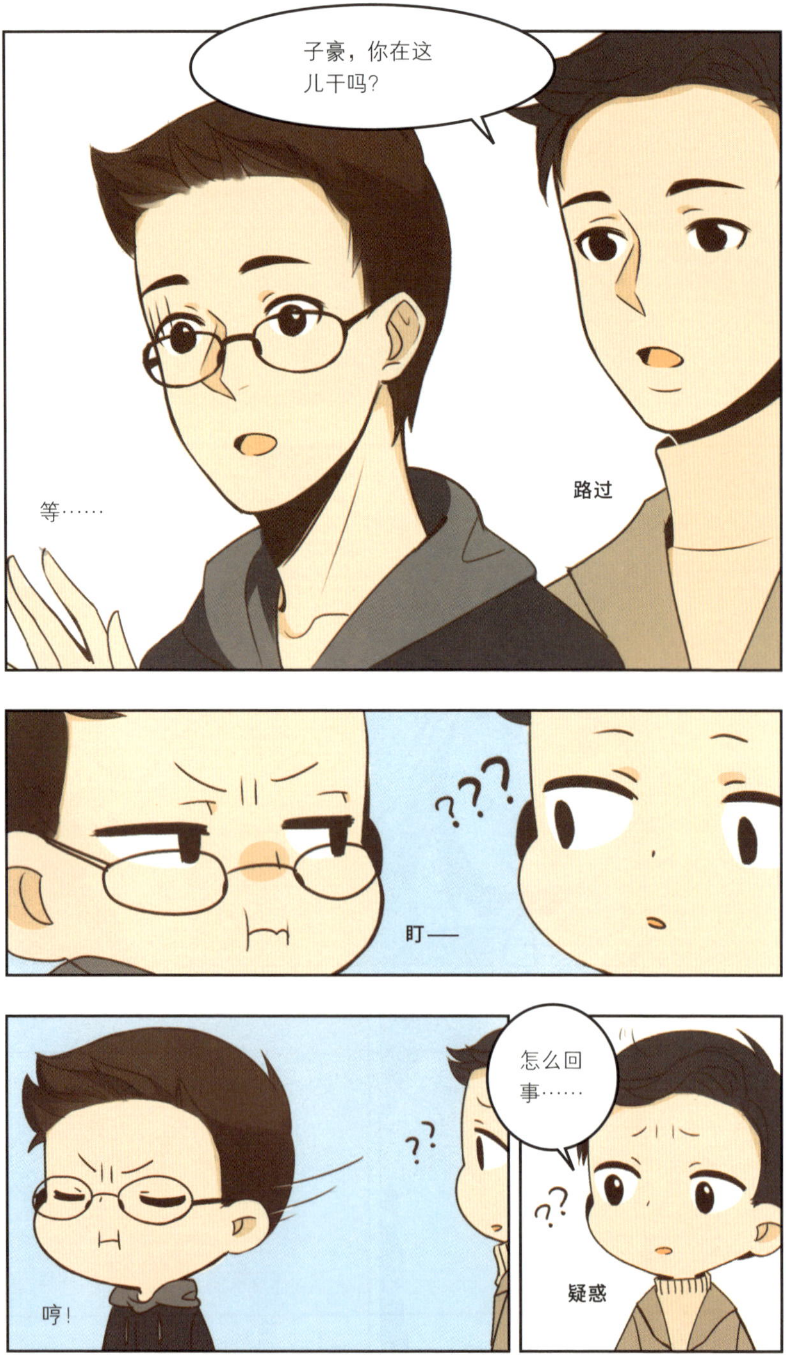
子豪，你在这儿干吗？
等……
路过
盯——
???
哼！
怎么回事……
疑惑

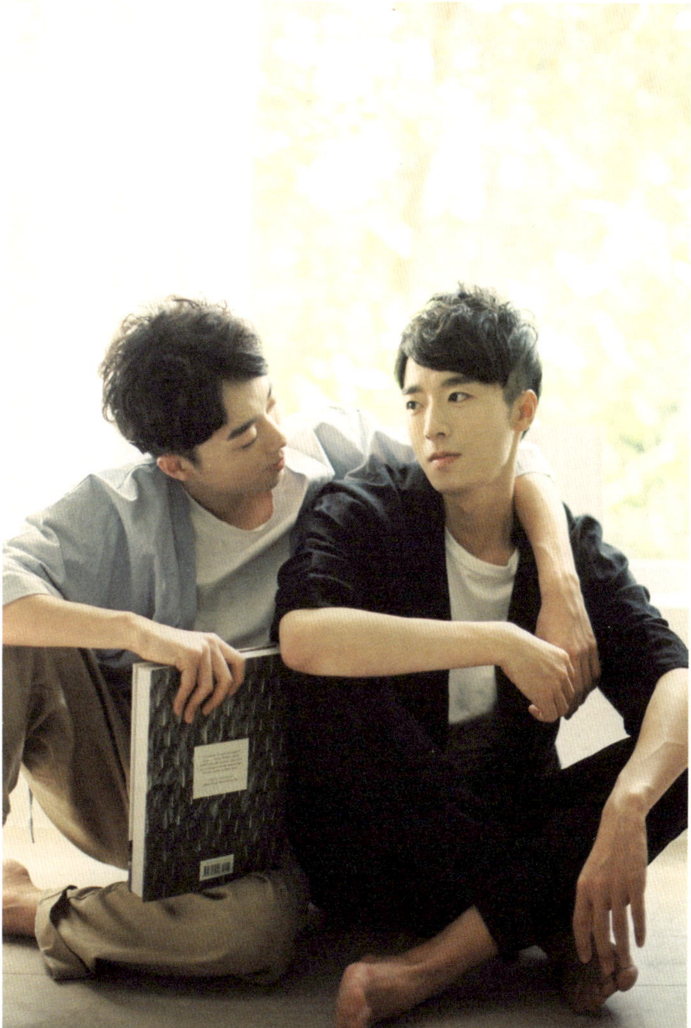

苑 子 文 & 苑 子 豪 的 日 常

"

▶▷ 走在商场里，冲过来一个激动的姑娘："啊啊啊啊啊你是不是苑子文？！"我想了五秒钟，今天还是没洗头，所以回答说"是"。姑娘说："怎么没照片好看啊？不过发型还是挺帅的！"

▶▷ 原来1400光年外的天鹅座有着"另外一个地球"，它们隔得那么远，突然就觉得自己很幸运，因为你就在我身边。

▶▷ 没必要刻意遇见谁，也不急于拥有谁，更不勉强留住谁。一切顺其自然，最好的自己留给最后的人。

▶▷ 你不用急着证明什么，即使对现状不满意，又怎么样呢？要不要从头再来，还不是在于你。所以不管发生什么，都别委屈自己，每个人都有灰头土脸的时候，长舒一口气，没什么大不了的，也没什么过不去的。Hey，亲爱的你，可要记得，岁月还长，别太失望。

"

YUAN ZI WEN

文

苑 子 文 & 苑 子 豪 的 日 常

> 今天早上，当清晨第一缕阳光照进家里，我们一家人开始辛勤地劳动了。爸爸负责做面包，妈妈负责做酸奶，哥哥负责煎鸡蛋，我负责吃。对，如你所想，我们一家四口就是喜欢这样各司其职，和睦又恩爱。

> 吵个架就把我手机没收了！你买的了不起啊！下辈子我要当哥！

> "妈妈，我口腔溃疡，做点清淡的吧。"
> "行，那你想吃什么？"
> "就做个蛋炒饭吧。"
> "好的。"

YUAN ZI HAO

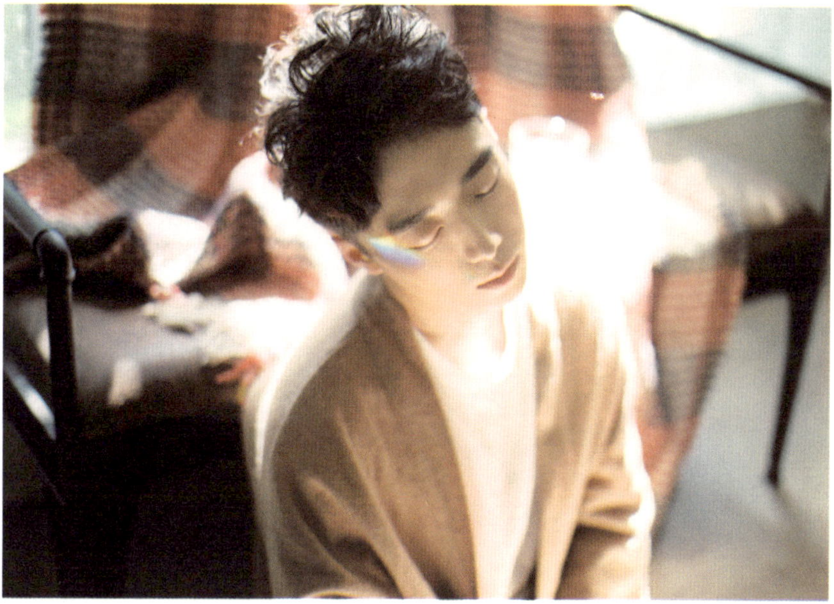

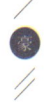

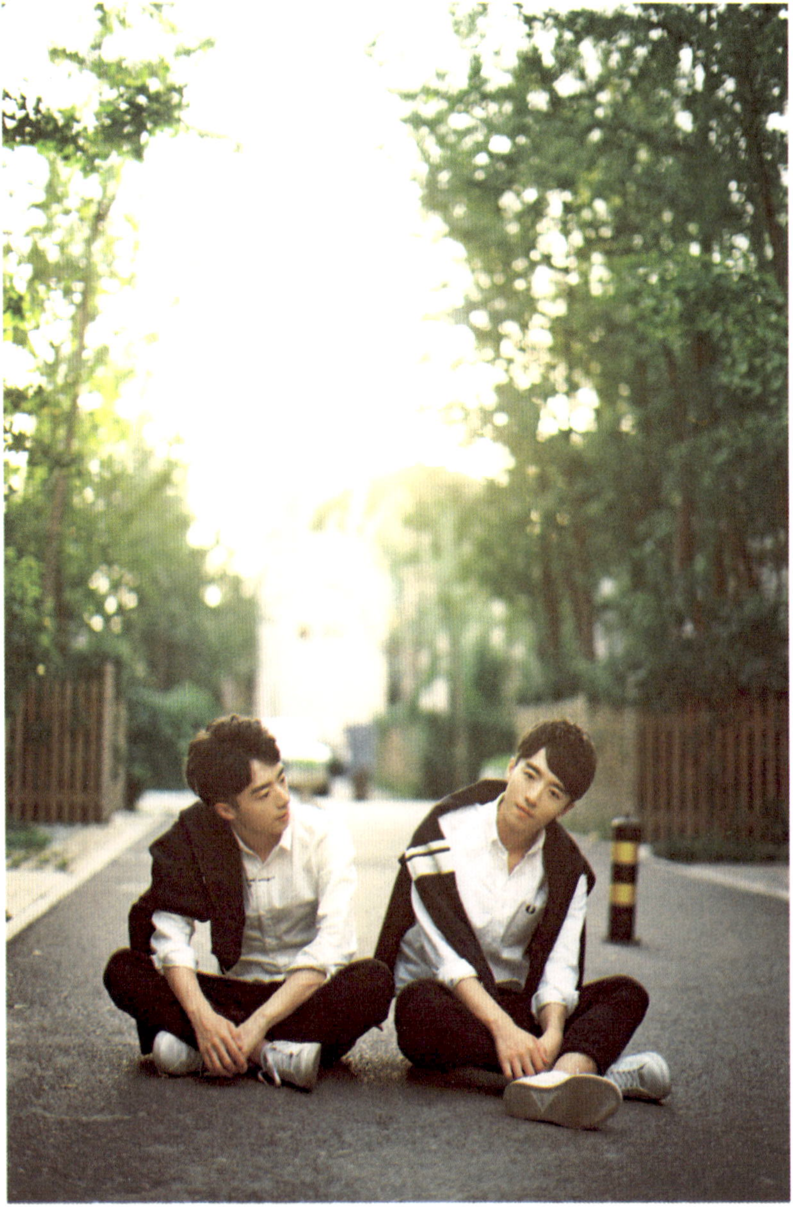

饿
咕噜噜噜噜
哥，晚上我想吃火锅，我们一起去吧。
撒娇
不行，晚上约了人。
冷淡
这次不行，下次吧。
约了谁了？约了谁了？！我不管，带我一起去嘛！
耍赖
我出门了。
哼！

朋友圈
今天和大帅哥吃饭，开心。
嗯？
难道比我还要帅吗？
坐起
晚上
我回来了。
推门
哼！弟弟在家都快饿死了，你还有心情去撩妹！
嗯？
哈哈哈哈哈，你是吃醋了吗？
腹黑
谁要吃醋，哼！
傲娇

哥哥在房间给弟弟发消息……
期末考试复习得怎么样了？
有没有想吃的水果，哥给你切。
继续发
今晚要来哥房间睡吗？
无反应……
弟今天是怎么了？怎么不理我？
推门出来
咔嚓
无人理会
苑子豪，给你发了那么多消息怎么都不回？！
有点生气

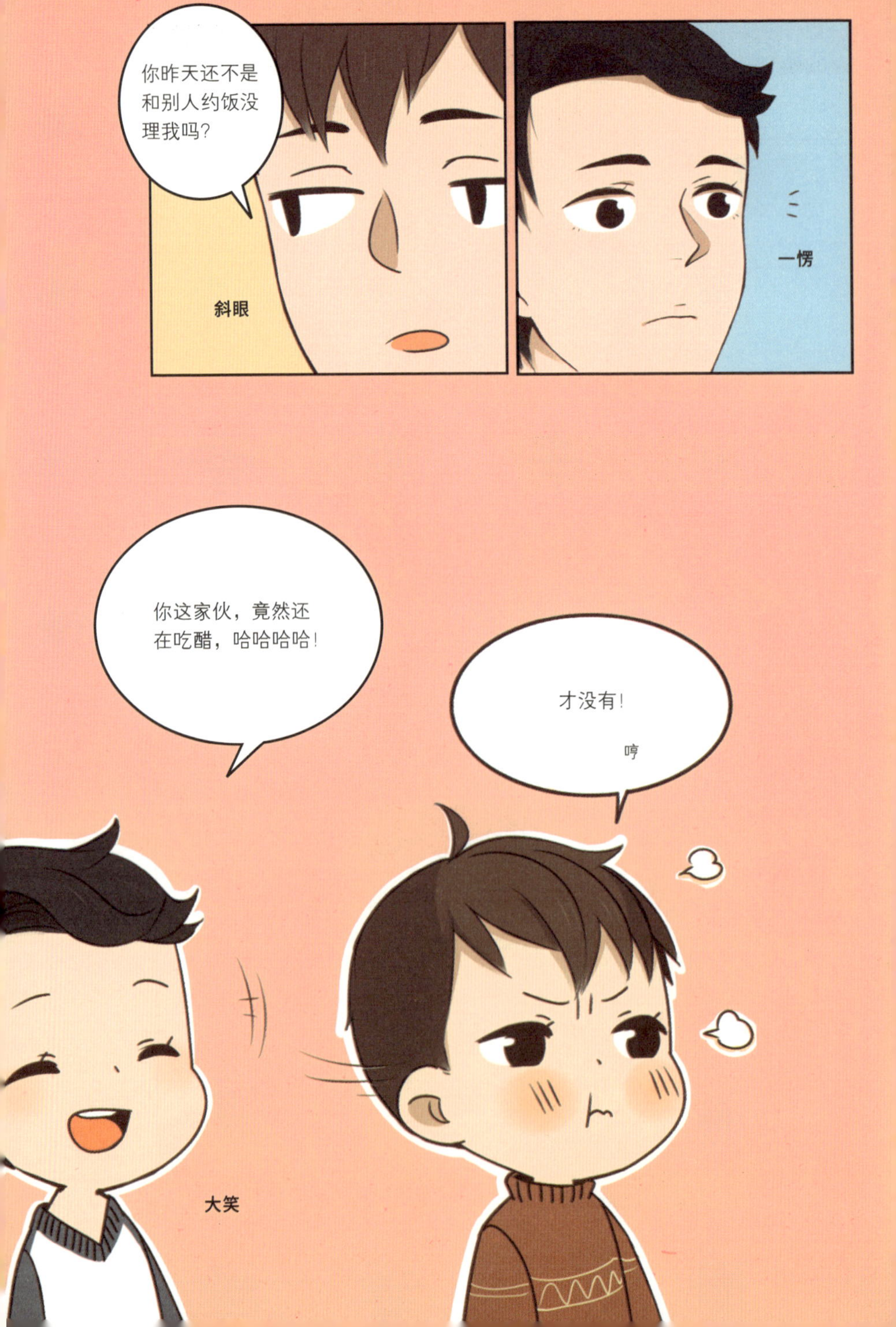
你昨天还不是和别人约饭没理我吗？
斜眼
一愣
你这家伙，竟然还在吃醋，哈哈哈哈！
才没有！
哼
大笑

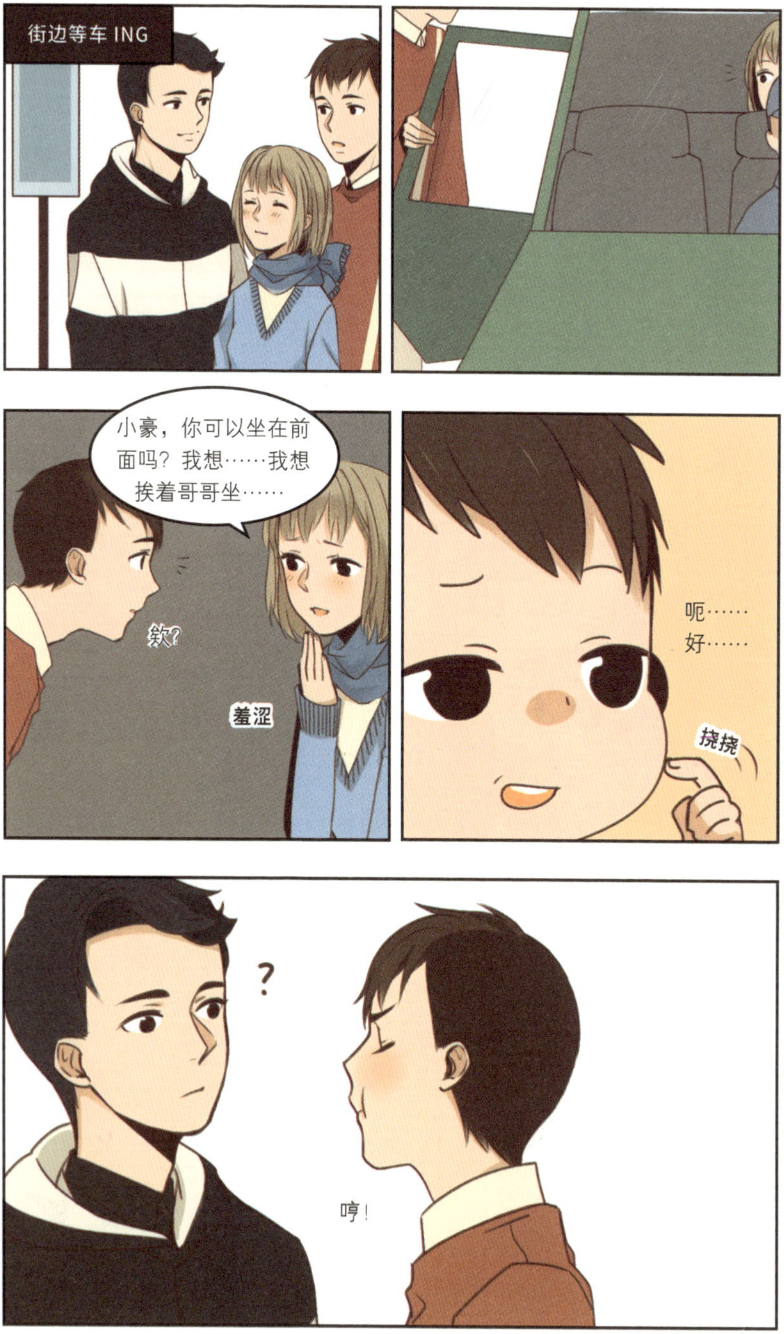
街边等车 ING
小豪，你可以坐在前面吗？我想……我想挨着哥哥坐……
欸？
羞涩
呃……好……
挠挠
？
哼！

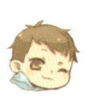

哈哈
聊得火热
哼……
下了车……
等等我!
头也不回
猛回头
吓?!
你说!你以后要是有了女朋友是不是就不理我了?!
愤愤
我不会啊,我最爱弟弟了。
?
无辜
哼!那你最近都没有叫我和你一起睡!
气哼哼
欸?
好,那晚上一起睡。
扑哧
哼!那今天就原谅你好了……
哼
傲娇

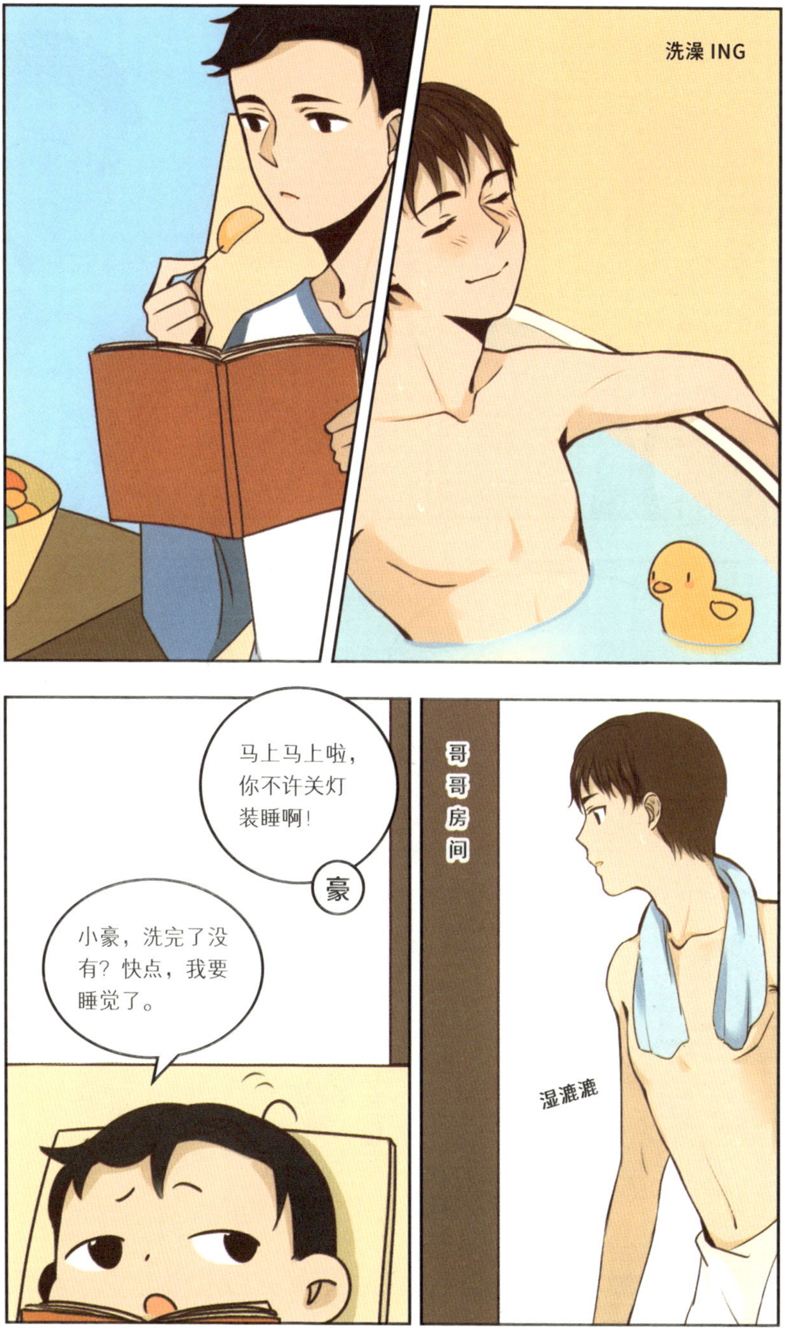
洗澡 ING
小豪，洗完了没有？快点，我要睡觉了。
马上马上啦，你不许关灯装睡啊！
豪
哥哥房间
湿漉漉

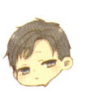

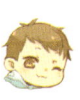

哥哥吹头发。	呼呼——
哦。撒娇	轻柔 享受

哥哥后背痒。

撒娇

哦。嘻嘻 挠挠

哥哥吃水果。

嘿嘿

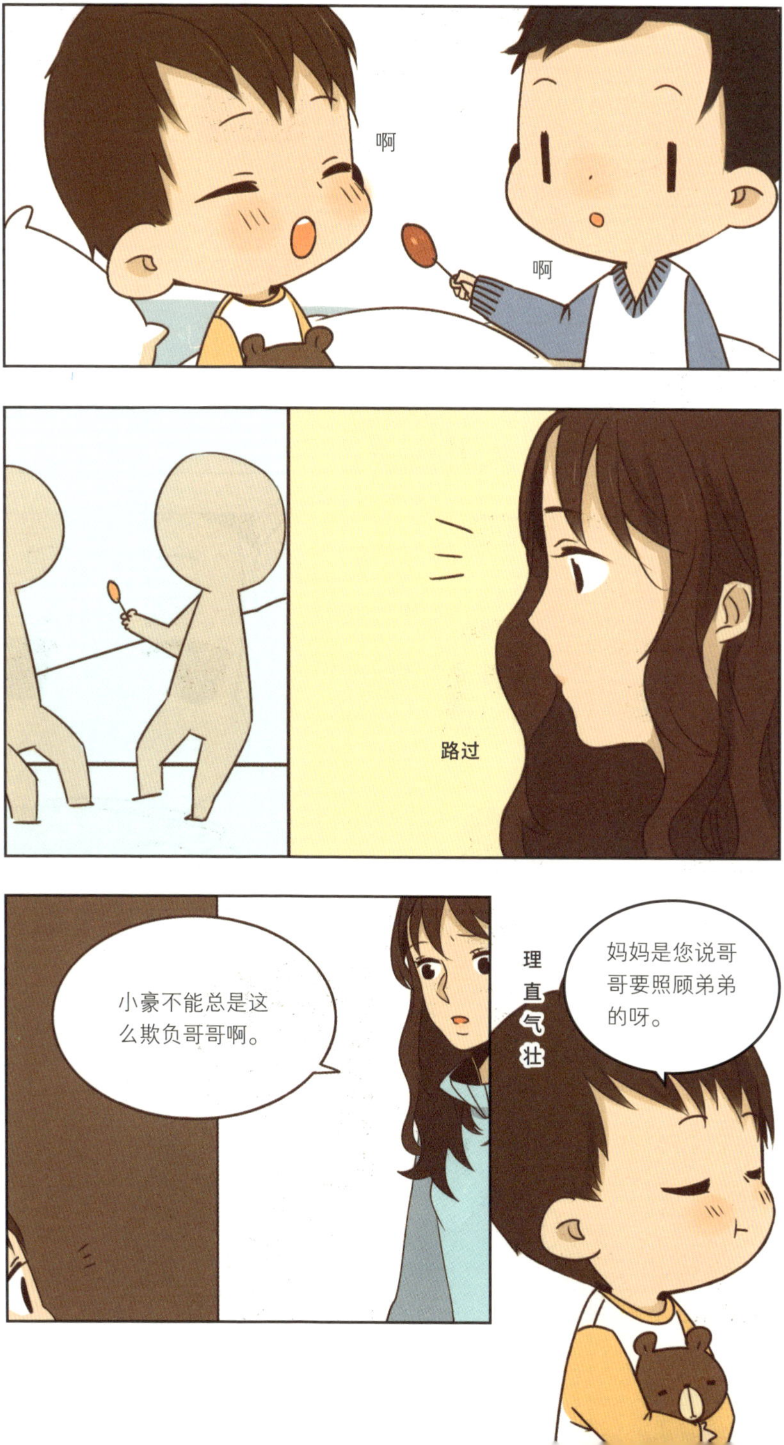
啊
啊
路过
小豪不能总是这么欺负哥哥啊。
理直气壮
妈妈是您说哥哥要照顾弟弟的呀。

朋友圈

啊,好想吃冰!

哥哥,我好想吃冰啊,一会儿我们去吃冰嘛。

傲娇

明天寒潮就来了,外面都是冰,随便吃,尤其铁栏杆,超甜。

腹黑

苑子文,你是亲哥哥吗?!

气哼哼

啊，好想吃冰！
周末哪天有时间？我们去吃。
盯——
看到了
那个……哥带你吃冰哈。
无措
你怎么不问问我哪天有时间啊？啊啊啊！
砸
哎哟
笨蛋哥哥！
傻弟弟，还挺爱吃醋。
啊哈哈

街上
耍宝
欢乐
哈哈
我一直觉得我弟的笑特别有感染力，看着就让人开心。
宠溺
我朝你笑一下，你就开心一天好不好？
卖萌
和谐
哈哈
天，好冷啊！
抖
呐，给你。
摘下

瞪——
哈哈，是啊！
我们这种天气出来约，也是真爱呀。
对啊对啊，所以哥哥今天穿了他最大的一件大衣。
能装两个人那种。
对，我冷了就可以钻进去那种！
哼哼

路过甜品店
有什么想吃的吗？
有点冷了，我要热饮吧。
哥，你怎么没有问我要什么？
您好，一杯……
那小豪你要点什么？
温柔
热巧克力，少糖。
哼
哼！竟然抢我哥！
有说有笑

子文你的饮料是什么味道的?
呐，你尝尝看。
哥!
一惊
怎么了?
?
我想喝你的饮料!
OS：不能输!不能输!
哦好，给你!
?!
大方
……
可恶，一点儿赢的感觉都没有!!
气鼓鼓

找女朋友的话,一定先告诉你啦

快到春节了,子文、子豪一起去剪头发。

欢迎光临

弟,你看我这次是不是剪得还挺好的?

捋头发

你等我剪完,肯定比你帅。

哼

剪好了

哈哈哈哈哈哈
哈哈哈哈哈哈

主要还是看脸,是不是很帅?!

哼

是是是，帅到天上去了。
出门回头率绝对百分之三百！
扑哧
得了吧，就你这样，还回头率呢，扭头率百分之三百还差不多，大家看你都扭头走了。
好啦，回家吧！
?!
爹毛

哥俩在房间……
哥哥，你是不是交女朋友了？
没有啊，干吗突然这么问？
疑惑
哼……
??
气鼓鼓
等哪天有女朋友了，一定第一个告诉你啦。
宠溺
朋友而已啦。
可是最近你和那个女生走得很近啊……
怀疑
我的傻弟弟真可爱。
朋友会让你好几次因为她忽略我吗？
哼
哈哈
真不敢想以后有了女朋友什么样……
委屈
放心啦，至少现在，我只想好好学习、好好工作，还有……好好照顾我弟。
弹
哇啊！

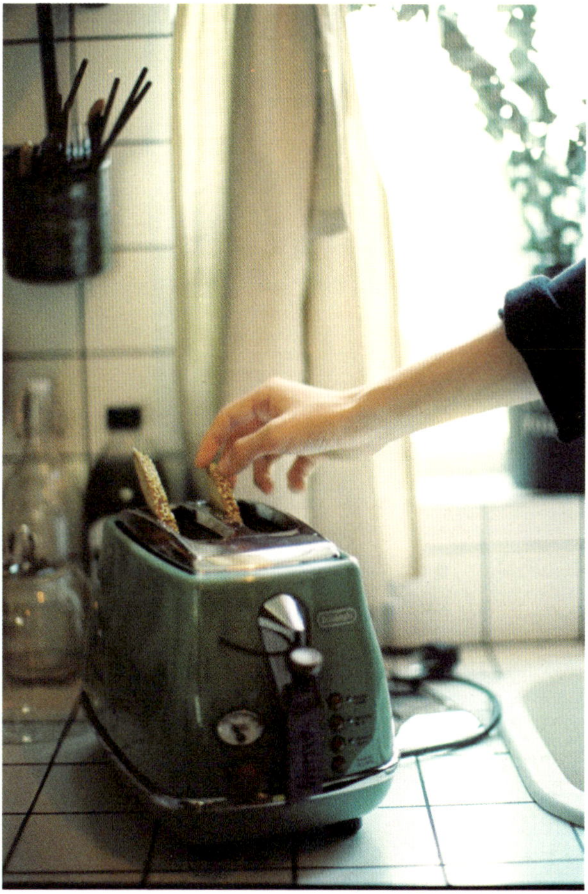

▶▷ 为了养只给我买了一件 T 恤的弟弟，正在加班吃面。但，还是挺乐意的，哈哈！

▶▷ 我们每一点的付出，大多数的尝试，和所有的等待，都有意义。你可以看到别人的光芒，但也要信仰自我的力量。

▶▷　你我都应感激尚且单身的日子，才能有这么一段修炼自己的时间，去慢慢变成更好的我们。遇见是水到渠成的事情，把自己打点好，再去等待邂逅，毕竟最好的自己才配得上最好的你。

YUAN ZI WEN

- 文 -

▶▷ 即使你浑身盔甲,也会遇到这么一个人,只是他一句话、一个眼神,你就立刻缴械投降。在爱里义无反顾的女孩儿,希望你所有的付出和等待,都能换来春暖花开。

▶▷ 这天气热到,要是弟弟跟别人跑了,我都不会去追了。

YUAN ZI WEN

- 豪 -

▶▷ 鹿与少年。
愿所有真诚被看见,所有善良有人懂。
眼睛里面睡星星,心里住太阳。

▶▷ 从来不觉得爱应该多么百转千回,也不觉得爱应该多么浩浩荡荡,好的爱情,就是你认真看他的时候,就知道他是你要找的人。你心里明白,无论多少艰难险阻,你都不会因为什么狗屁恶俗的理由退缩。

▶▷ 昨晚跟我哥吵架，于是把他隐形眼镜藏起来，想让他第二天求我。结果因为昨晚睡得太晚，下午在家昏睡了两个多小时，醒来完全忘记把他隐形眼镜藏哪儿了，把家翻个遍也没找到。今天晚上一起约了朋友出来吃饭，他提前出发且把我的隐形眼镜戴走了。现在的我戴着一副丑兮兮的框架眼镜，在饭桌上，皮笑肉不笑。

▶▷ 小学的暑假漫长又无聊,蝉声聒噪绵绵,硕大的树冠碧绿如盖,爷爷熟睡的午后我总爱趴在他家的窗台上,静静地抬头望着天。那时候我笃定一朵朵厚重洁白的云团之上有天庭,仙人们在上面云游打斗。直到后来我长大,坐上飞机冲上云霄,才发现厚重洁白的云团之上一无所有。长大真是一件无比残酷的事情。

YUAN ZI HAO

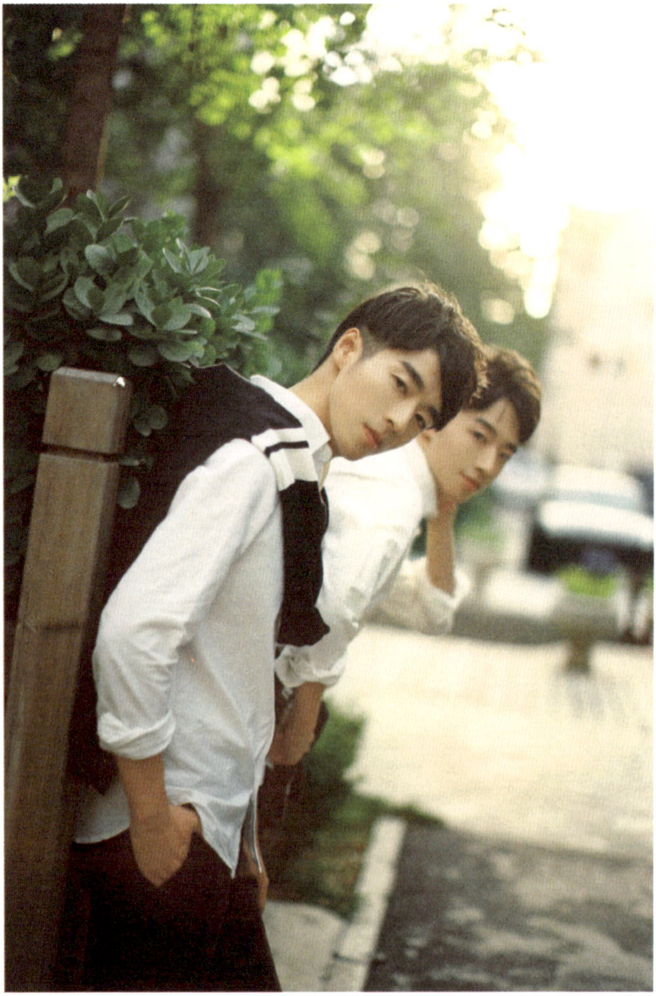

有说有笑
咦，今天哥哥哪儿不对呢？
看你想干吗……
?
哼！
仔细
哈哈，子文你戴的是弟弟的帽子吧？
嘻嘻
怪不得感觉有点不一样呢。
被发现了。

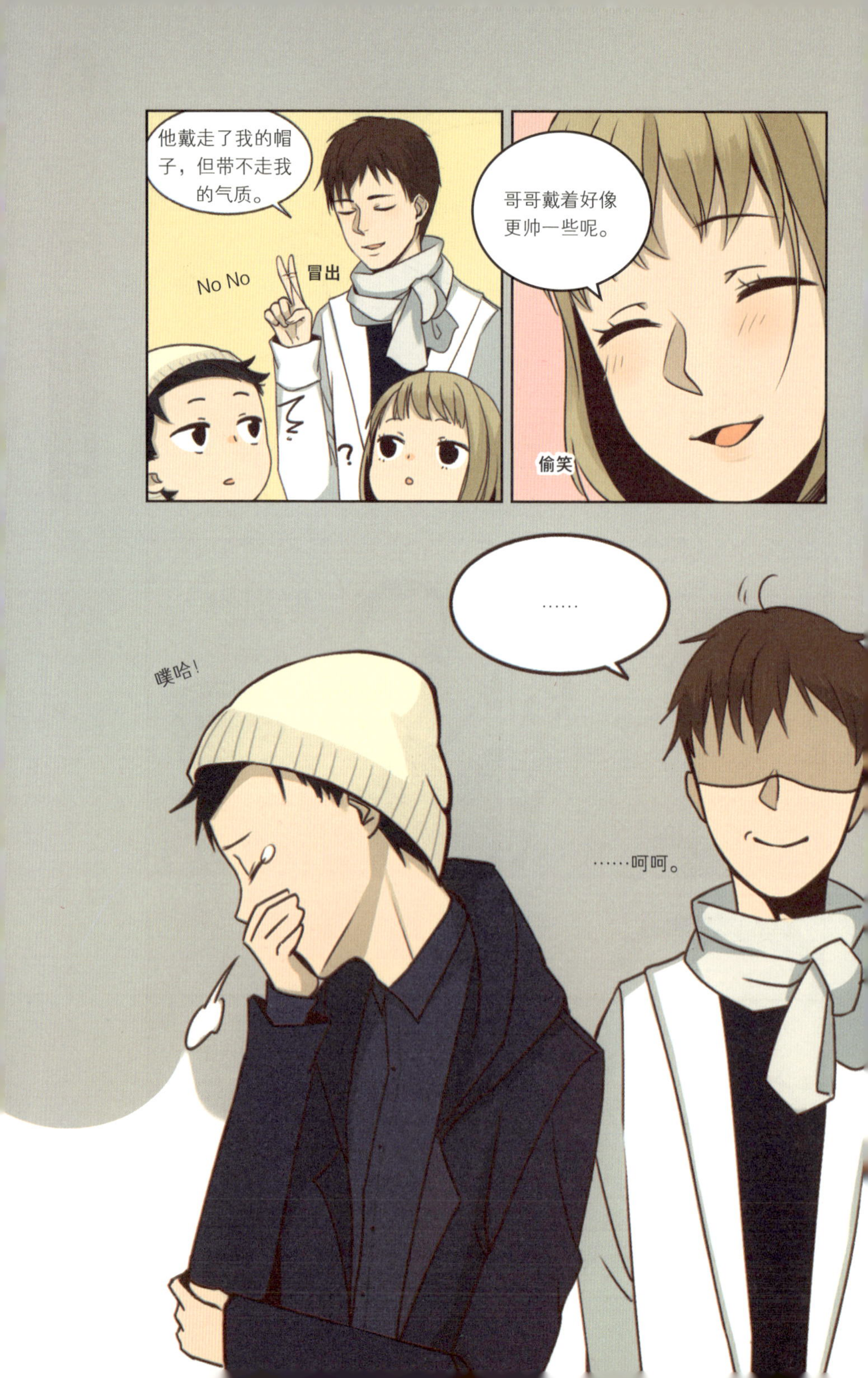
他戴走了我的帽子，但带不走我的气质。
No No
冒出
哥哥戴着好像更帅一些呢。
偷笑
……
噗哈！
……呵呵。

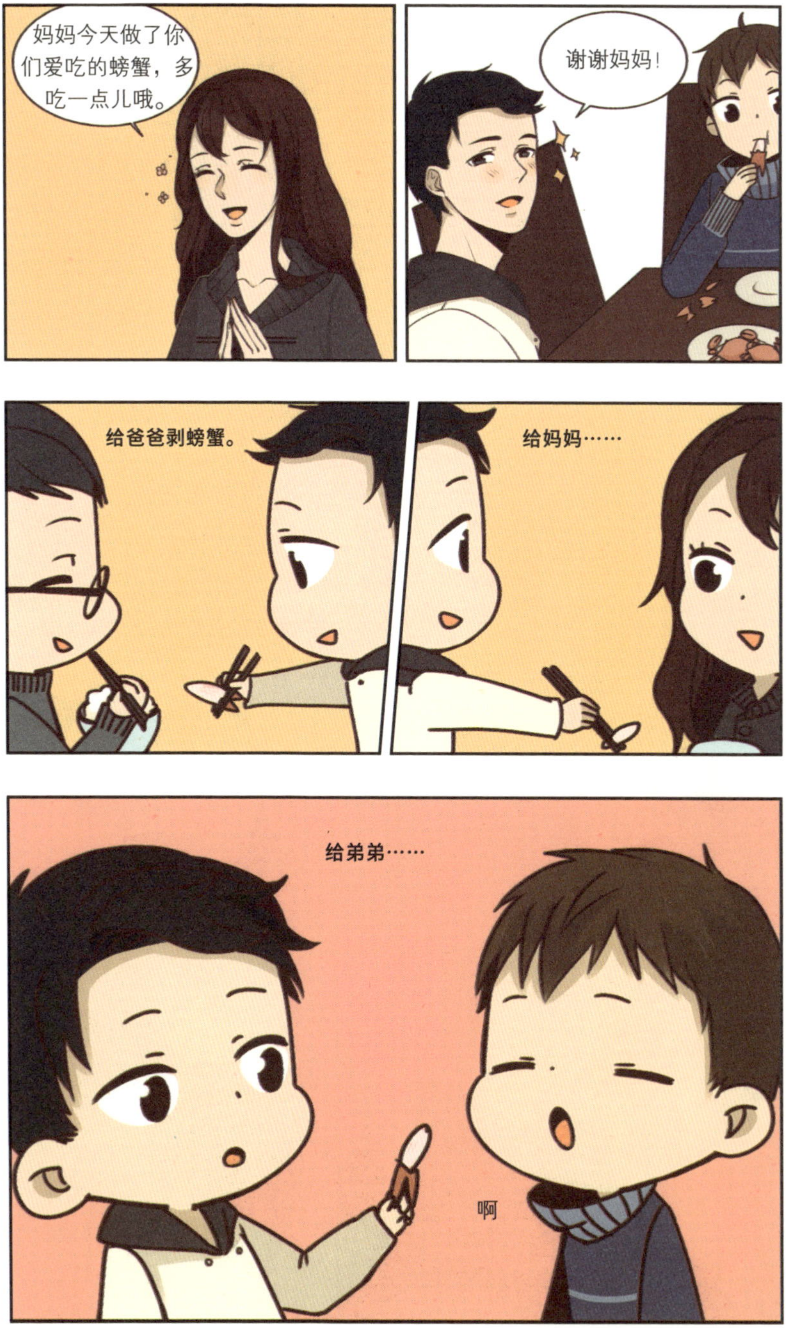
妈妈今天做了你们爱吃的螃蟹，多吃一点儿哦。
谢谢妈妈！
给爸爸剥螃蟹。
给妈妈……
给弟弟……
啊

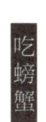

吃吃吃吃吃吃吃吃吃吃吃……

子豪都这么大了,也给爸爸妈妈剥螃蟹吧。

讨厌,我正吃得开心呢!

嚼嚼

……那好吧,爸爸一个,我一个,妈妈一个,我一个,最后还有我一个,大家晚餐愉快!

垒高高

呃……

爸爸生日
忙碌
哇呜……
嫌弃的眼神
咕噜
端菜 ING
子豪，你看看你哥哥，这么一桌子菜都是他准备的。
哎呀妈妈，兄弟俩要明确分工嘛，大儿子做菜，二儿子拍照。
嘻嘻

继续嫌弃 咔嚓 继续端菜	心满意足
你就这么吃啊，都还没坐好。 忙碌	哦。 一愣
那我坐下来吃。 欸嘿	……

弟弟独自打车去上课

喂,你在干吗?起床了?

打电话给哥哥ING

我哥哥可比女朋友重要多了

小伙子这么帅,女朋友也一定很漂亮吧。

记得下午在家打扫房间,收一下鞋,再把我的衣服洗了,做好午饭等我下课……

挂断

小伙子,得对女朋友好点啊。

他可比女朋友好多了。

嘿嘿

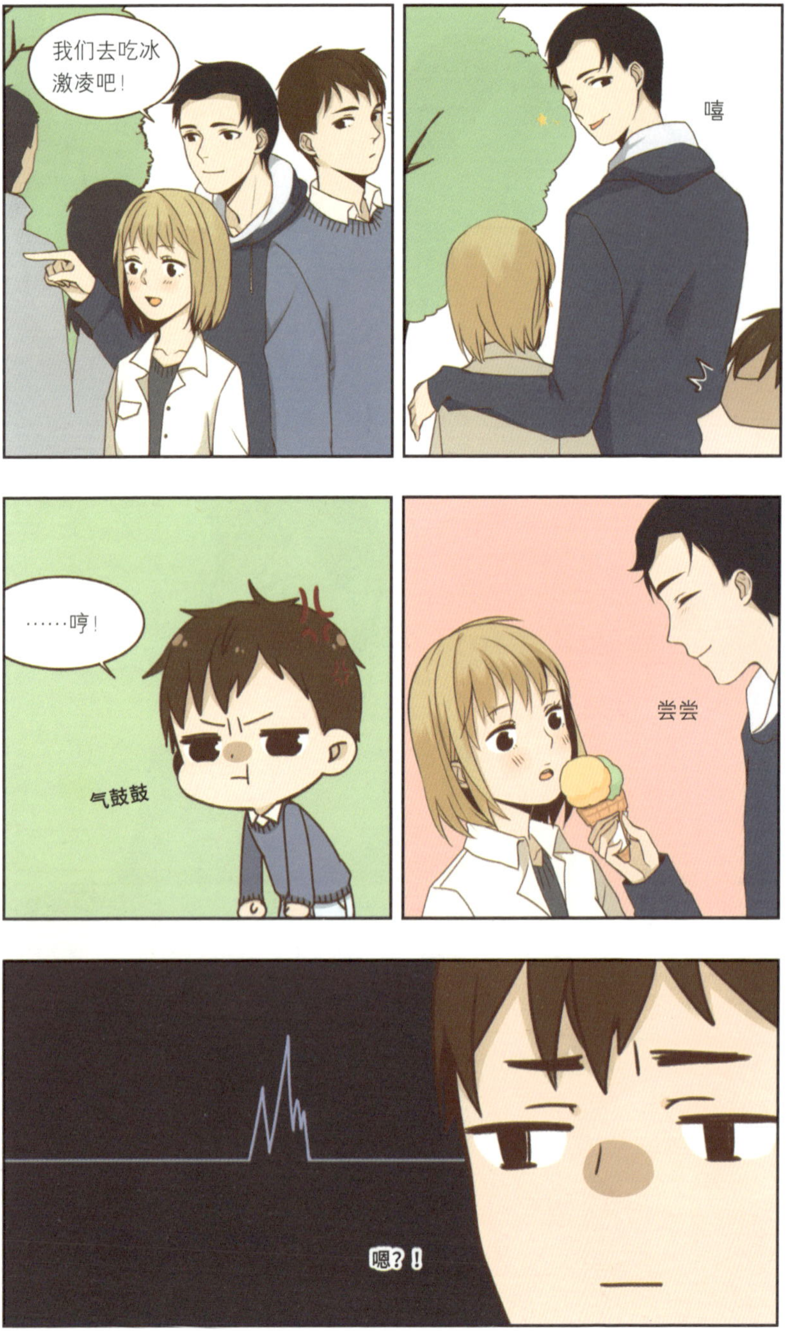
我们去吃冰激凌吧！
嘻
……哼！
气鼓鼓
尝尝
嗯？！

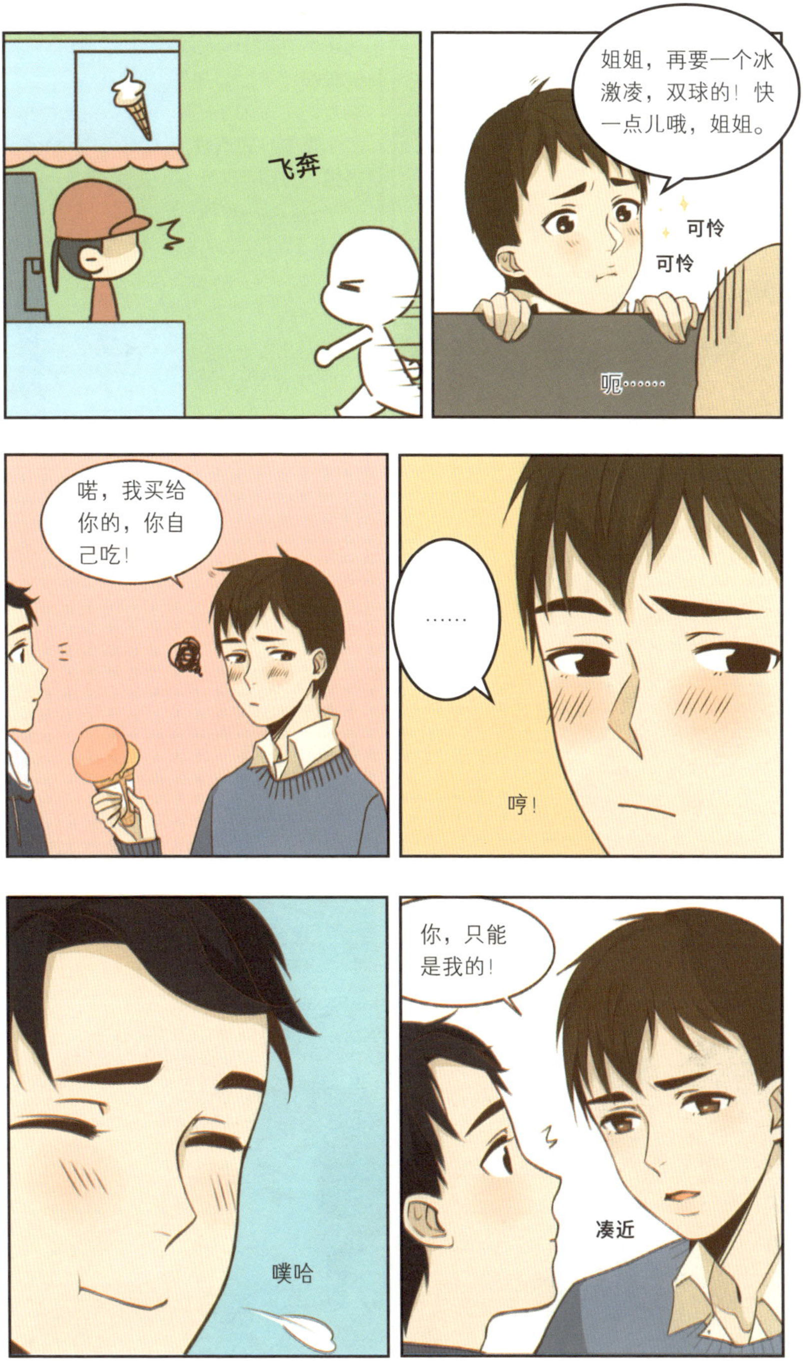
飞奔
姐姐，再要一个冰激凌，双球的！快一点儿哦，姐姐。
可怜
可怜
呃……
喏，我买给你的，你自己吃！
……
哼！
噗哈
你，只能是我的！
凑近

三人去游乐园

啊啊啊，子文，子豪我们去玩那个吧！那个那个！还有跳楼机、过山车……

兴奋

唔……

好啊好啊！

哎呀，摩天轮！我们坐摩天轮吧。

哥……我恐高！

那我们两个先玩，一会儿再玩你想玩的。

嗯

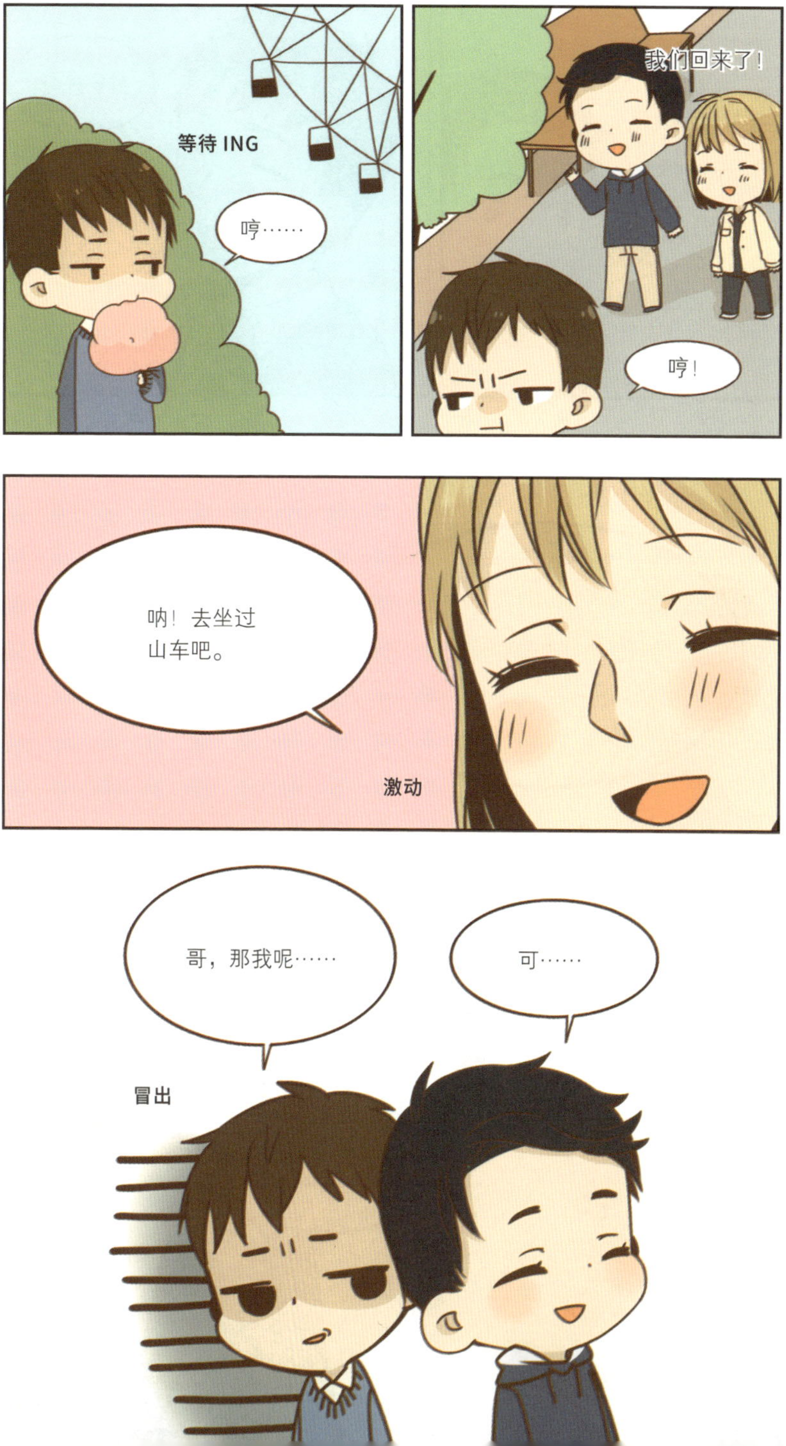
等待 ING
哼……
我们回来了！
哼！
呐！去坐过
山车吧。
激动
哥，那我呢……
可……
冒出

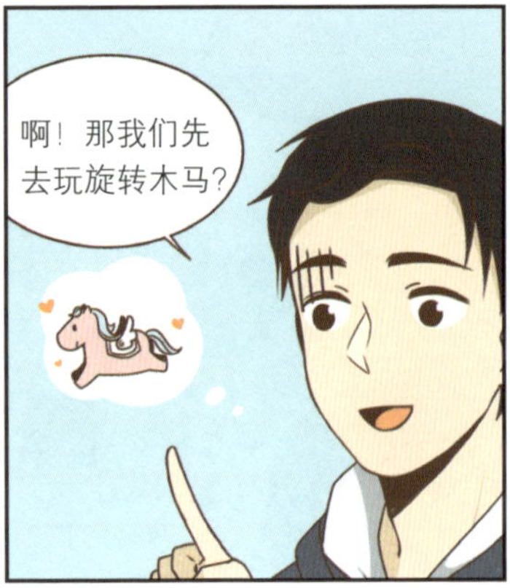
啊！那我们先
去玩旋转木马?

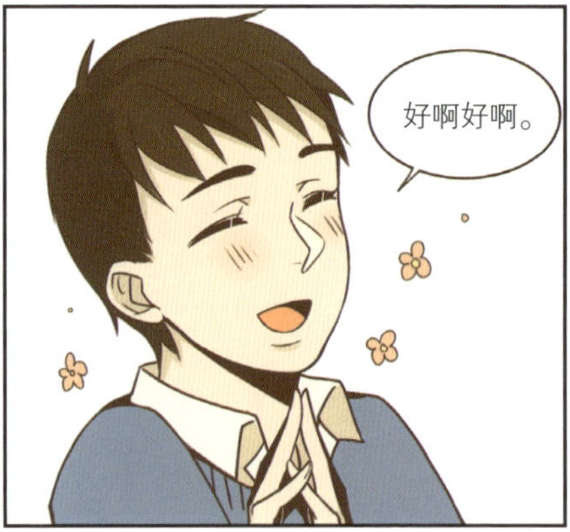
好啊好啊。

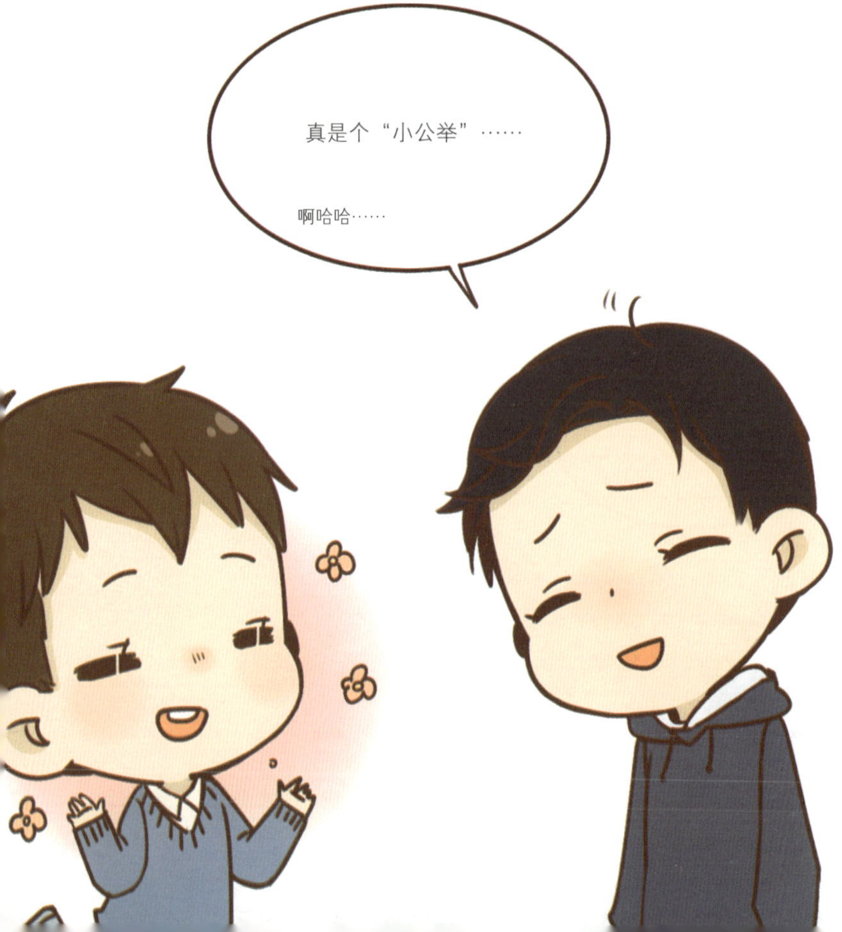
真是个“小公举”……
啊哈哈……

兄弟俩开开心心去
大（做）保（按）健（摩）
哥，今天我让着你，你先选吧。
哼哼
有什么好选的，裤子而已嘛。
随便拿了一件
哈哈哈哈哈哈
哈哈哈哈哈哈
呃……
我的偶像包袱啊……
哈哈哈哈，苑子文你才是“小公举”吧！
低落
傲娇
哼！人家明明就是小王子……
呜呜
委屈

苑 子 文 & 苑 子 豪 的 日 常

"

▶▷ 每个人都有觉得自己不够好、羡慕别人闪闪发光的时候,但其实大多数人都是普通的。不要沮丧,不必惊慌,做努力爬的蜗牛或坚持飞的笨鸟,在最平凡的生活里,谦卑和努力。总有一天,你会站在最亮的地方,活成自己曾经渴望的模样。

▶▷ 梦想之一,是带弟弟去很多很多地方,陪着他长大。

▶▷ 我弟有一个特别牛的技能,那就是不管我说我心情有多烦躁,他都能装作若无其事地找我帮忙,并且屡试不爽。

"

YUAN ZI WEN

苑子文 & 苑子豪的日常

"

▶▷ 去学校上课的路上，我打电话给哥哥，嘱咐他记得下午在家打扫房间，收一下鞋子，再把我的衣服洗了。挂了电话，司机师傅说："小伙子，对女朋友得好点啊！"

▶▷ 我兴致勃勃地问妈妈晚上吃什么，
妈妈说：
"你哥又没回来，晚上我就不做饭了，你看看家里有什么可以吃的随便吃点吧。"
？？？

"

YUAN ZI HAO

苑子文 & 苑子豪 的 日常

"

▶▷ 别因为喜欢某个谁而拒绝了全世界,别因为迷茫、彷徨就有理由退缩,别因为今天过得不够好就不敢想象明天的阳光。治愈孤独不能靠痛哭流涕,你要首先学会爱自己,才能更辽阔。

▶▷ 我自己骑车太慢太胆小,我哥看我可怜,说上来搂住他带我刺激一下,然后他一边骑一边回头冲我喊:苑子豪,你别再掐我的肉了!

"

YUAN ZI HAO

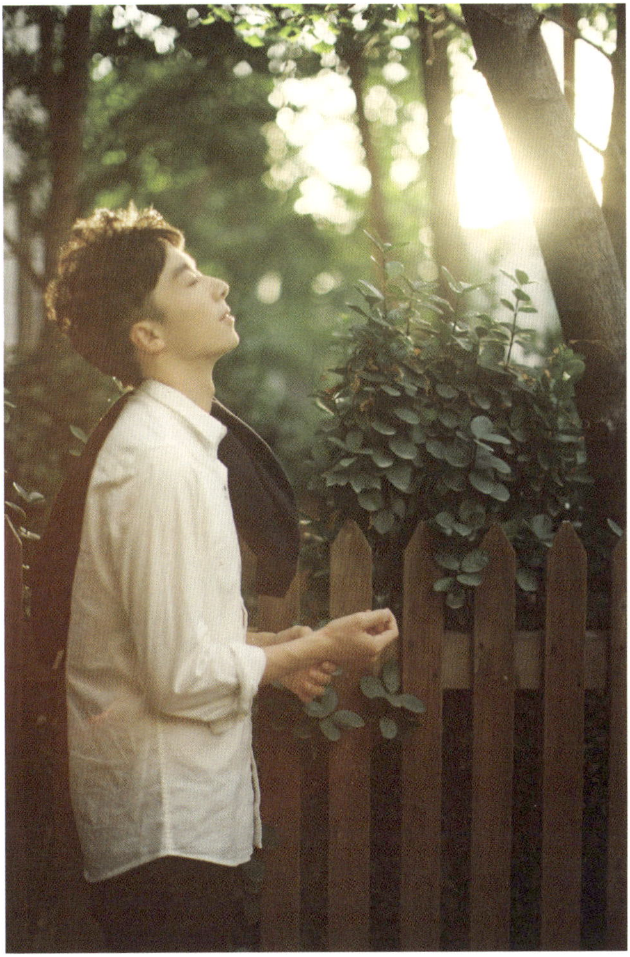

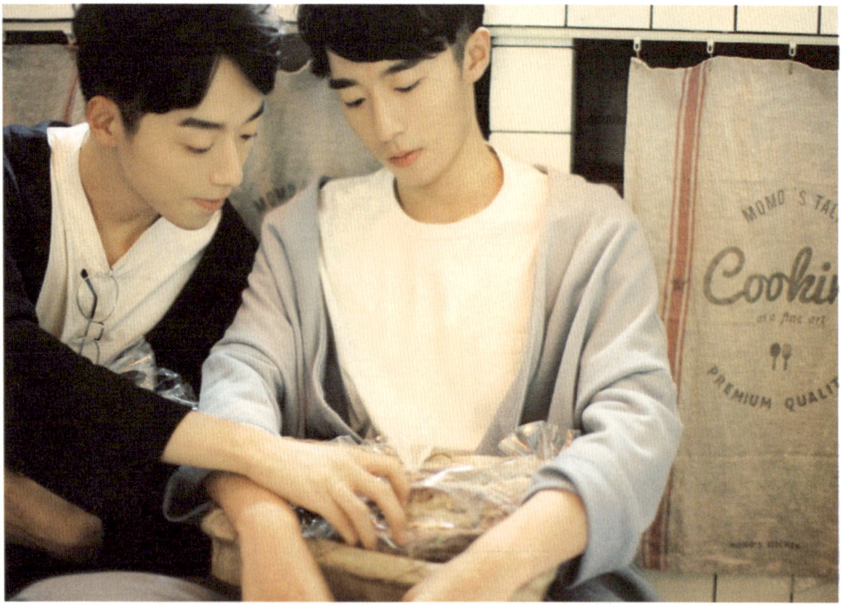

67 你看这个帅哥，是不是很帅

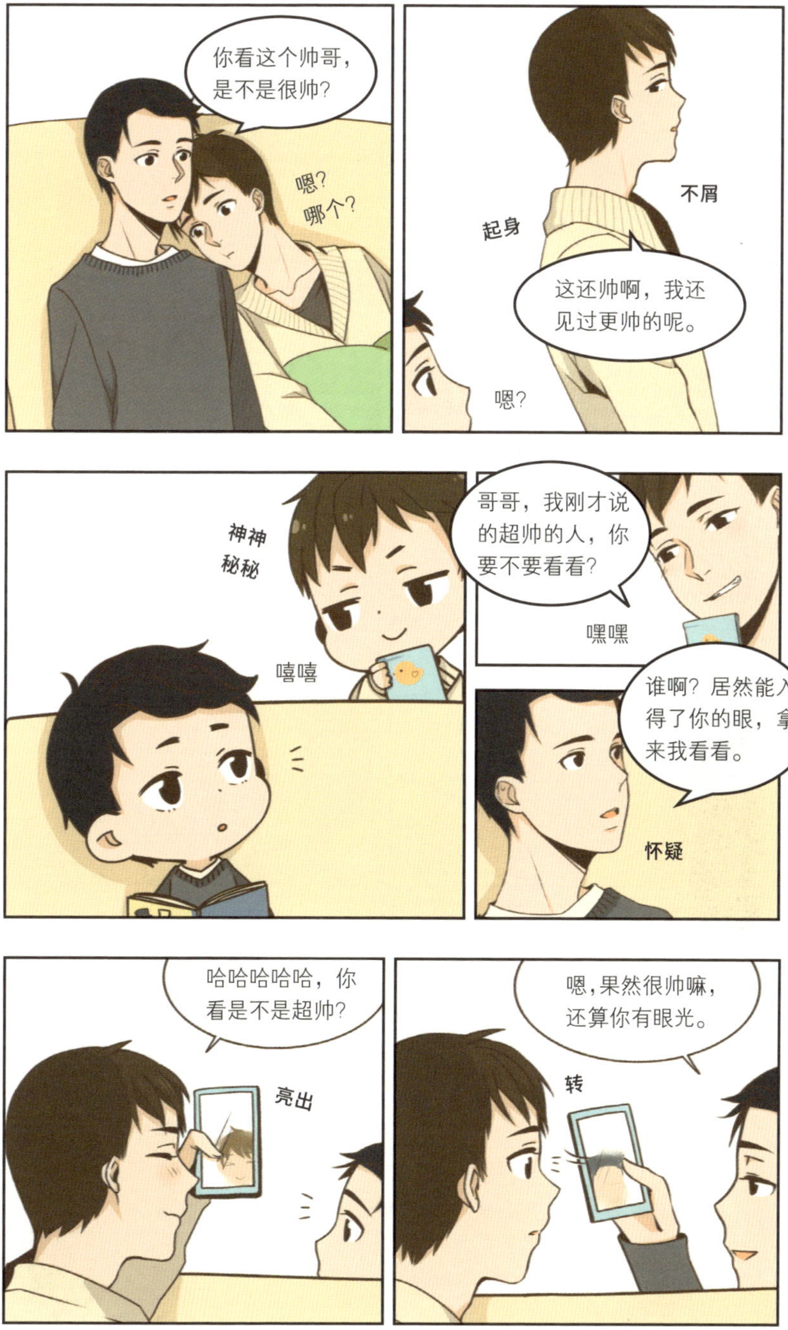

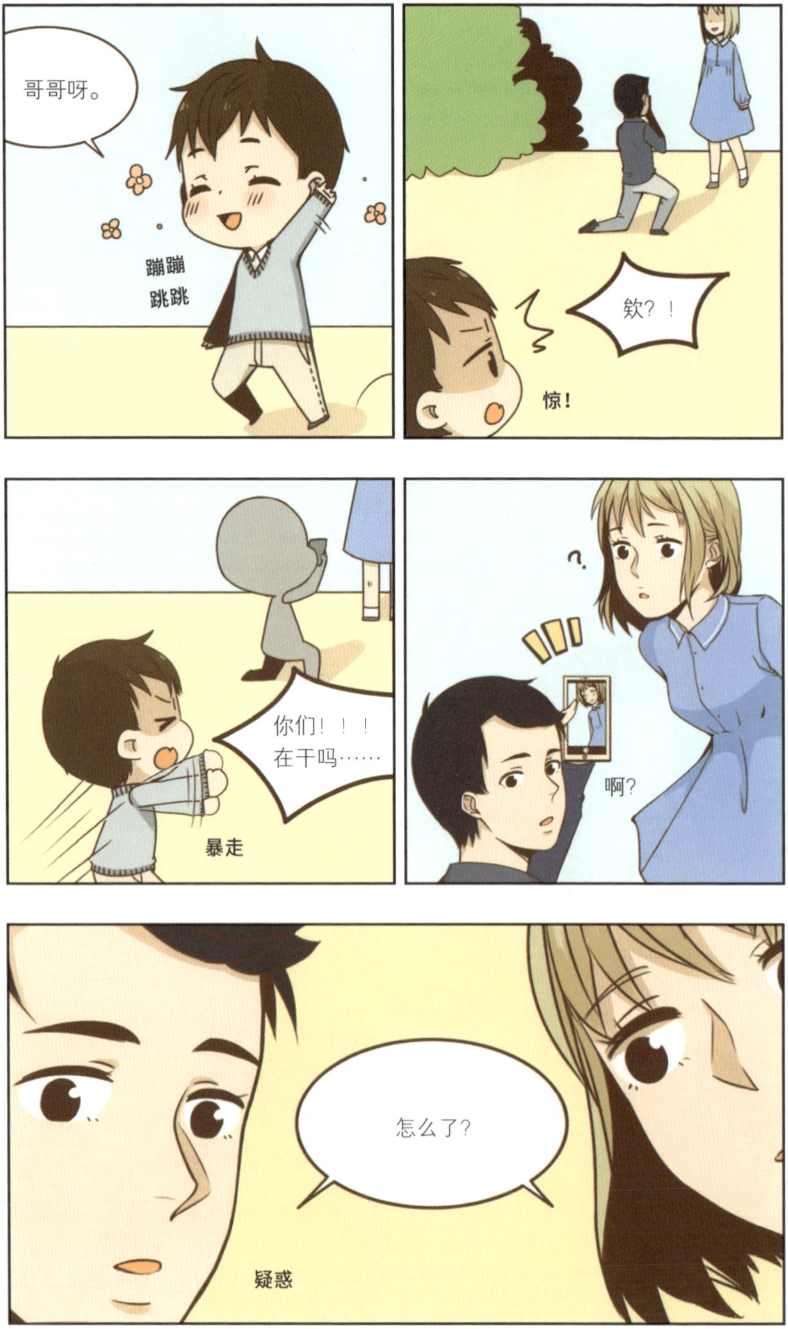
哥哥呀。
蹦蹦跳跳
欸？！
惊！
你们！！！在干吗……
暴走
啊？
怎么了？
疑惑

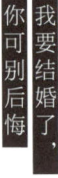

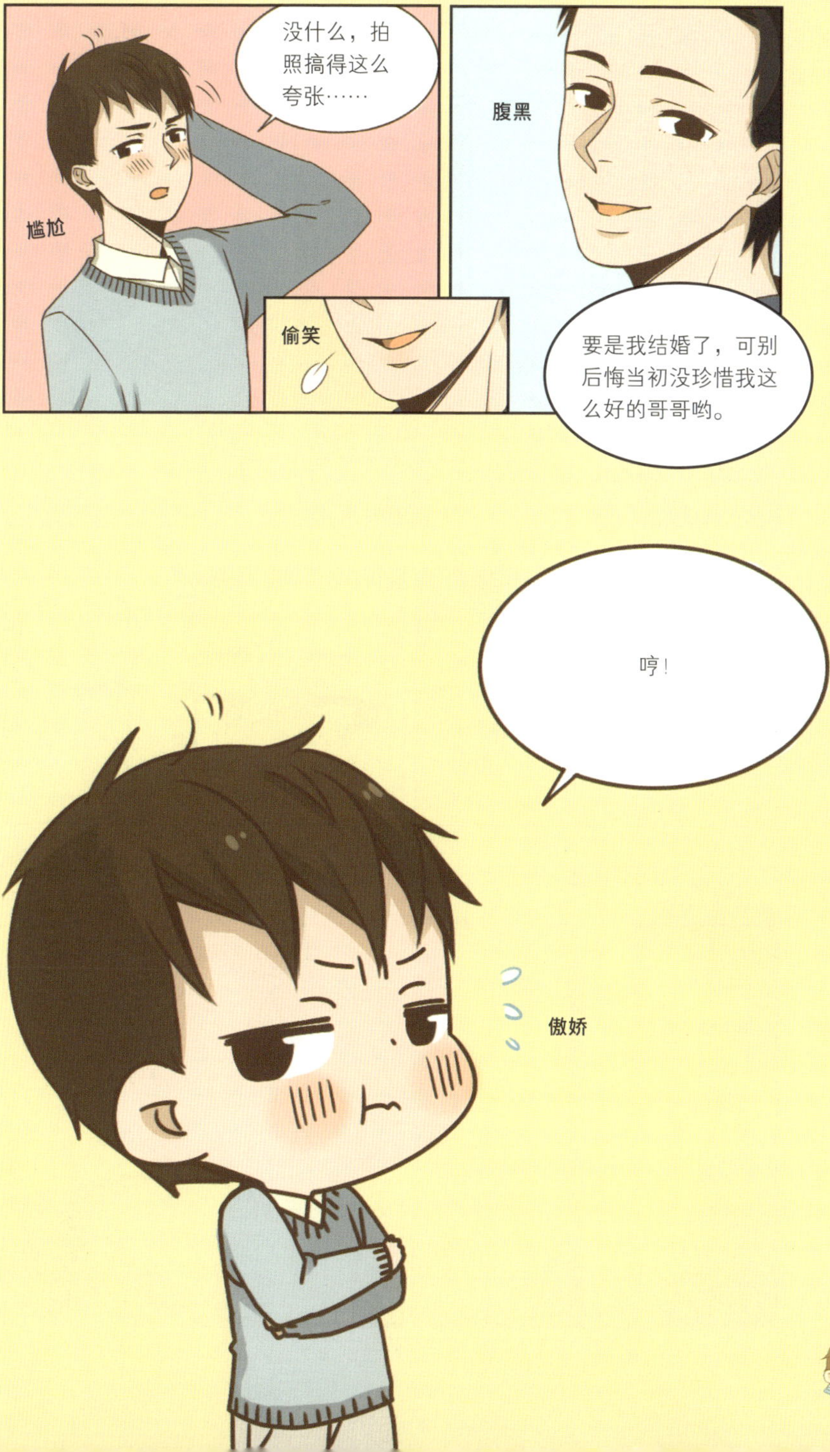
没什么，拍照搞得这么夸张……
尴尬
偷笑
腹黑
要是我结婚了，可别后悔当初没珍惜我这么好的哥哥哟。
哼！
傲娇

哥儿俩在一起写稿子
起身
唔……
休息会儿。
哥，你说我们明明是双胞胎，为啥智商差别那么大呢？我怎么比你聪明那么多啊？
哼！
啧
……也是啊。
是吧？哈哈。
得意

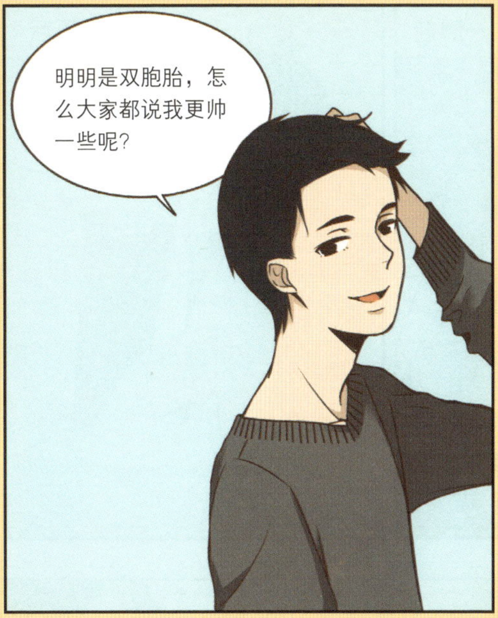
明明是双胞胎，怎么大家都说我更帅一些呢？

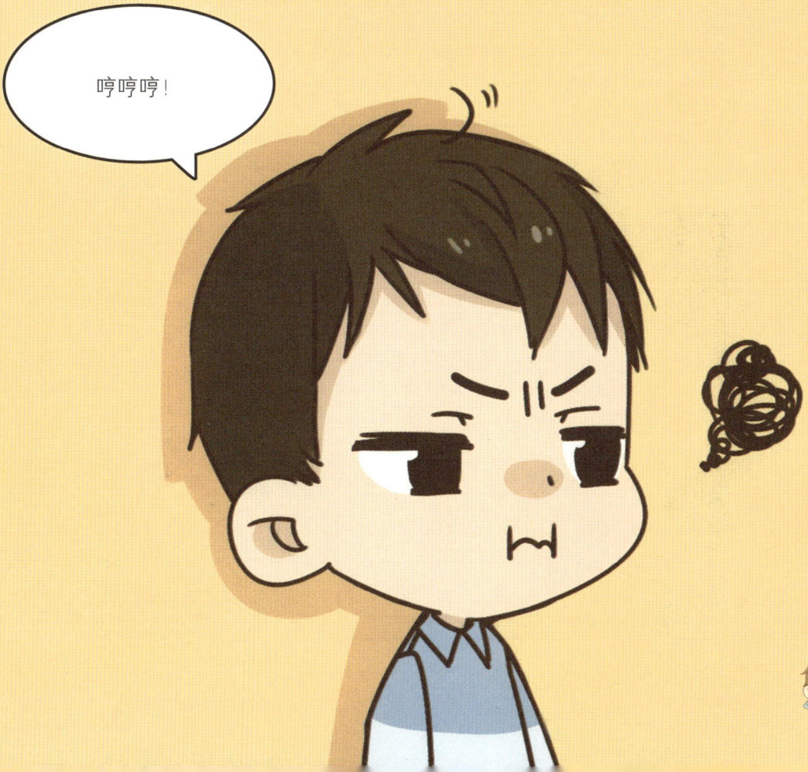
哼哼哼！

一周前
哥，我赶不上车了，你快去把票改签了！
这是最后一次了！下次我就一个人先走了！
弟弟每次回学校，总会有各种各样的原因赶不上车。
一周后
嗡——
睡眼
惺忪
喂？
10:30
我说……
车站
你在哪里啊？！还有十五分钟车就要开了！
熙熙
攘攘
我起晚了，赶不上车了。
嘿嘿
你又迟到，我先走了！你自己走！

咦？
无反应
你好，可以帮我查下我的车票有什么问题吗？
好的。
先生您好，系统记录显示您已将车票改签到了两个小时后的列车。
苑子豪！你这坑货！
我昨晚就已经把他的车票改签了。哈哈哈哈！

妈妈和两个儿子一起吃饭
唉……
妈,你怎么了,突然叹气?
关心
我一想到以后你们哥俩要有自己的家，还真害怕小豪忘了我。
担忧
不会的妈妈，你要相信我弟……
认真
就是就是，妈你看还是我哥了解我……

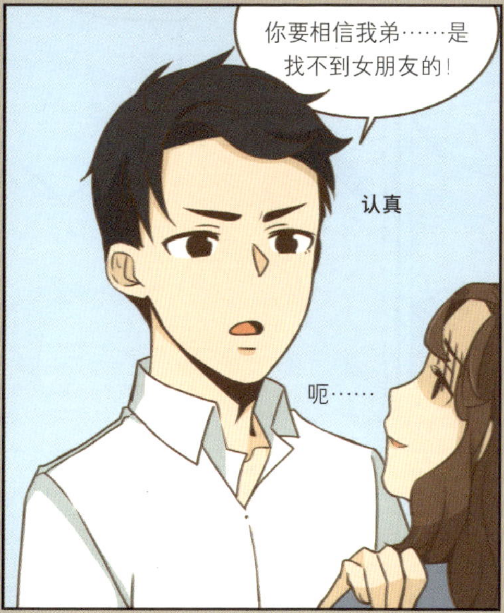
你要相信我弟……是
找不到女朋友的！
认真
呃……

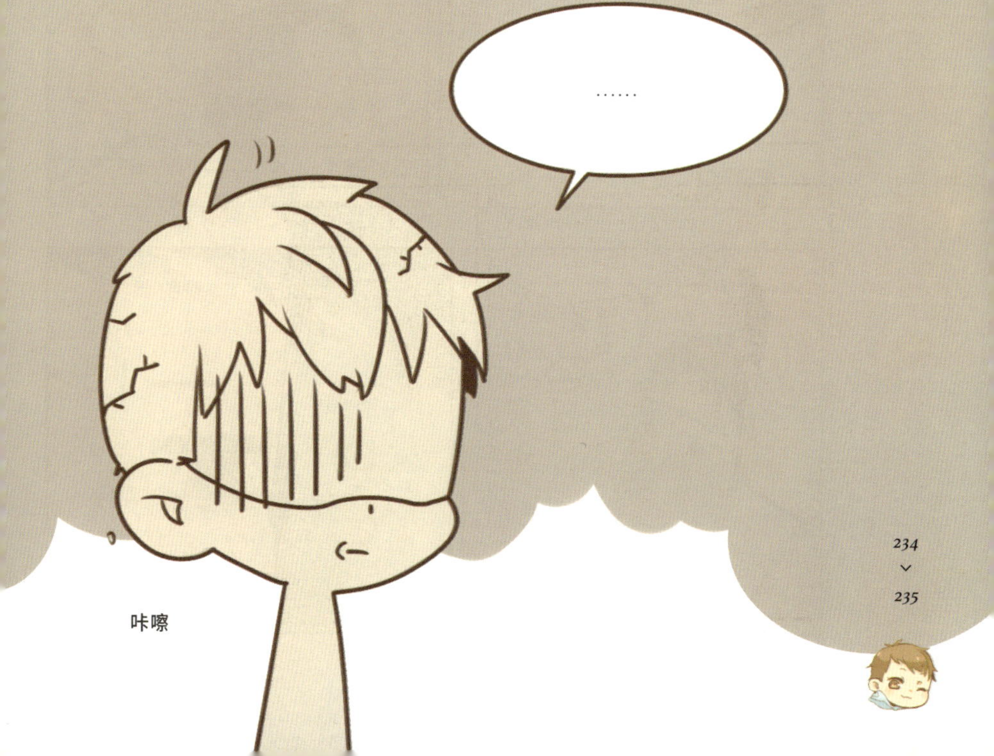
……
咔嚓

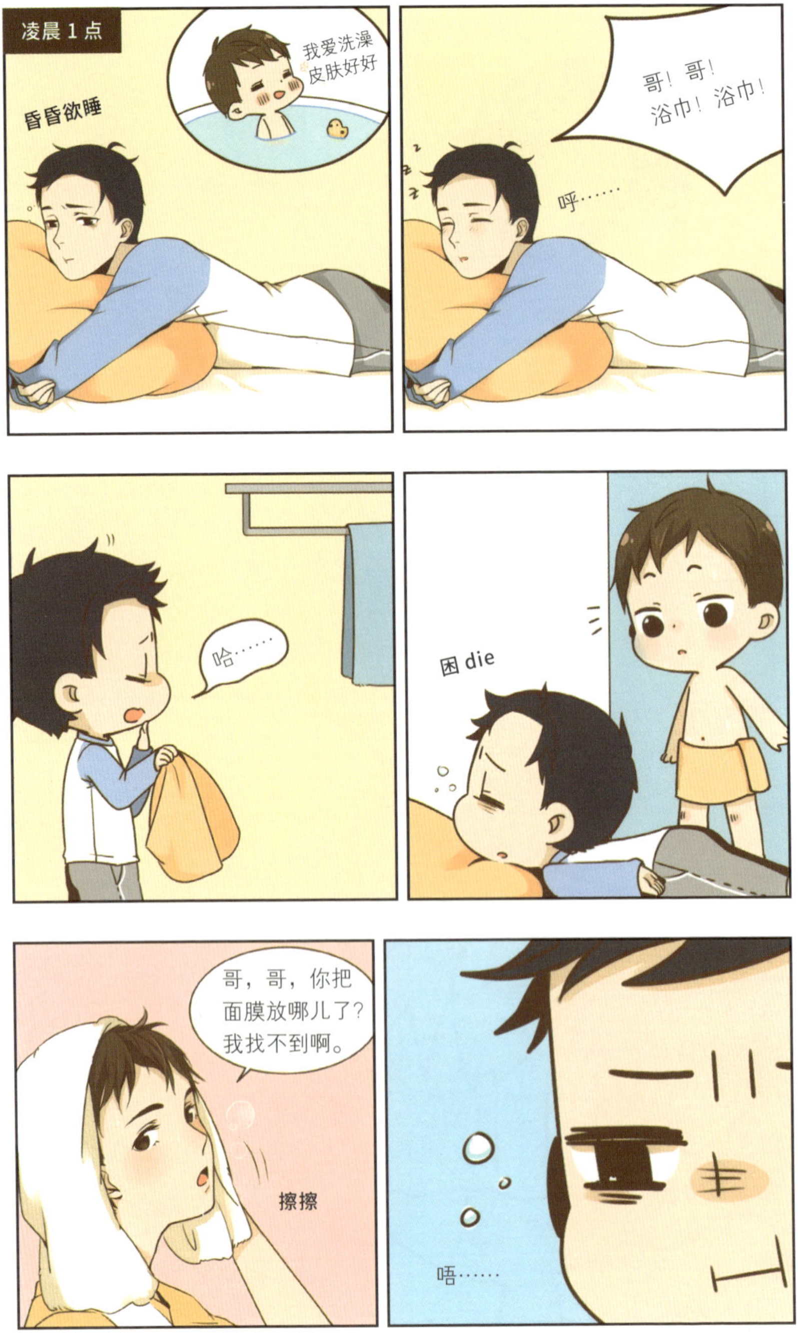
凌晨1点
我爱洗澡皮肤好好
昏昏欲睡
哥！哥！浴巾！浴巾！
呼……
哈……
困die
哥，哥，你把面膜放哪儿了？我找不到啊。
擦擦
唔……

翻身不理
你看你，我都说你把东西放在哪儿了告诉我一下！不然现在我找不到，你又要睡觉不管我……
唠唠叨叨
唔……
面膜
嘻嘻
苑子豪，你说你这大半夜，我刚睡着你就喊我！搞得我现在一点儿睡意没有！
生气
??
那还不是因为没有我这个帅弟弟陪你睡。
贱兮兮
……
嘿嘿

▶▷ 地球之所以是圆的,是因为上帝想让那些走失或迷路的人重新相遇。注定在一起的人,不管绕多大一圈依然会回到彼此身边。所有的等待,不过是为了遇见一个对的人,如果最后能在一起,晚点真的没关系。嗯,总有一天你会遇到那个人,让你愿意托付终身,慢慢走完这一生。

▶▷ 我们总会经历一段无比煎熬的时光,读书时熬考试,毕业了投简历忙面试,工作之后熬项目想升职,恋爱了还偶尔吵架斗气闹分手。每当你坚持不下去时,就告诉自己,放轻松,回头看看,自己已经长这么大了,这么多年跟跟跄跄闯过来,好像也没什么困难坎坷能阻挡住自己。嗯,未来也是。

▶▷ 昨天我妈说想出去玩儿，打电话时她说，早点睡吧弟控呆呆。我反应了一下："叫我什么？！"她说："弟控呆呆啊，就是弟弟控的呆呆，妈在你微博看的。"今天我查好了行程，想帮她都安排好，她说："傻儿子那么忙，妈自己安排就行，妈控呆呆。"我觉得，我妈被微博上的你们教坏了！

▶▷ 爱心夜宵，只要我弟说饿，变也得变出吃的来，不会做饭的哥哥不是好男人。

YUAN ZI WEN

- 文 -

▶▷ 中午做饭，我弟说不好吃，扒了一口就不吃了。下午三点发微信说饿了，晚上回家就给我拿回来一本美食书。长大了真的很难养。

▶▷ 刚上大学时特别迷茫，不敢坐靠前位置，不敢课堂发言，讨论从不发表意见，就连说话做事也常觉得不如别人。后来和一个前辈聊天，终于开启了自己的小宇宙，独立勇敢，无限努力。如今到北大第三个年头，经历了一些，错过了一些，终于成长了一些，并开始深信不疑：时光不会亏待我，得到的都比失去的要多。

— 豪 —

▶▷ 我哥说他身体还不是很舒服,让我帮他从食堂打一份饭,我到我楼下了给他打电话让他过来自己拿。当我跟他要饭钱的时候,他眼睛睁得和嘴巴一样大,看了我好一会儿。

▶▷ 单枪匹马太多年,都忘记自己有多惨了。想对那些相信爱情却被爱情不断打败的人,那些只身一人在外独自打拼的人,那些饱受委屈却仍不肯认输、不肯哭的人,说一句:这么多年,你真的太辛苦了。愿你在今后的日子里,可以足够勇敢无畏,更懂珍爱自己。

家

苑 子 豪 & 苑 子 文 的 日 常